SHANGHAI LITERATURE & ART PUBLISHING GROUP

故事会
精品系列

打官司故事

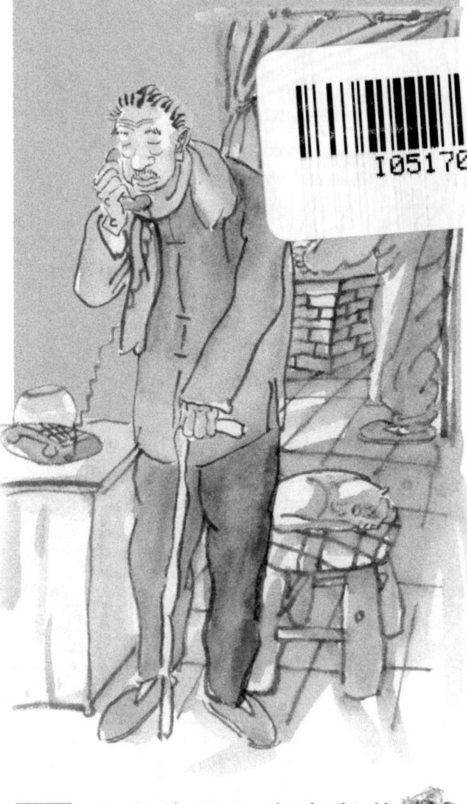

I0517005

上海锦绣文章出版社
上海故事会文化传媒有限公司

上海文艺出版（集团）有限公司

图书在版编目（CIP）数据

打官司故事 《故事会》编辑部编 － 上海：上海锦绣文章出版社
（故事会精品系列） ISBN 978-7-5452-0177-2
Ⅰ.①打…Ⅱ.①故…Ⅲ.故事－作品集－世界 Ⅳ.I14
中国版本图书馆 CIP 数据核字 (2008) 第 181322 号

丛 书 名：故事会精品系列

书 名：打官司故事

主 编：何承伟

编 委：何承伟 吴 伦 姚自豪 夏一鸣

责任编辑：刘迎曦 鲍 放

装帧设计：王 伟

责任督印：张 凯

出 版： 上海锦绣文章出版社

上海故事会文化传媒有限公司

POD 海外发行： 中国图书进出口上海公司

电话：021－36357888

传真：021－36357896

地址：上海市虹口区广中路 88 号

邮编：200083

海外 POD 发行版本 **版权所有·不准翻印**

 上海故事会文化传媒有限公司 出品 （00246） www.storychina.cn
STORIES

目　　录

法永道恒

精 彩 个 案

谁不能控制邪恶,谁就把自己摆在了畜生的行列。

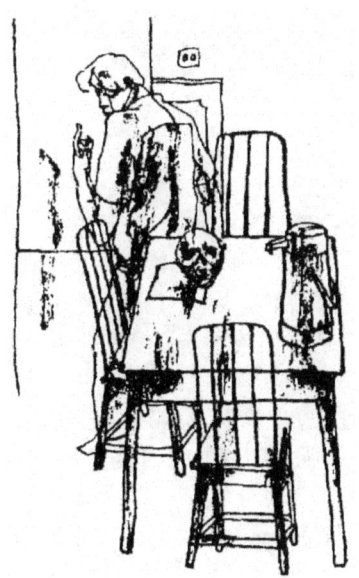

擒贼绝招

浦东杨家渡有个专卖水产的小贩,名叫阿六头。这天,阿六头做完生意,便来到浦东最热闹的观海商楼,想给妻子选购一套款式新颖的西装套裙。

谁知在商场才转了半圈,阿六头准备为妻子买西装的钱便被"三只手"轻而易举地给"吊"去了,就连乘车回家的钱也不给留下半分。无奈,阿六头只得自认倒霉,悻悻然地空着一双手回家。一路上,他暗暗诅咒:"小瘪三,让你偷我的钱买药吃!"然而,光诅咒又怎能消除心头的怨恨呢?阿六头想:我定要想个法子出出这口窝囊气!

第二天,阿六头在贸易市场做完了最后一笔生意,又去了观海商楼。他先是去了烟酒柜台,从裤子的后插袋里掏出一只装得鼓鼓的皮夹子,抽出十块钱,买了一包中华牌香烟。接着便又上楼去了时装柜台。阿六头在时装柜前,对着衣架上五颜六色的时装东看看西摸摸,但他把注意力全集中在裤子的后插袋上,他想:今朝我是有心来捉贼的,现在只要扒手动一动我的口袋,嘿嘿,对不起了!想着想着,阿六头伸手摸了摸自己的裤子后插袋。不想,不摸则罢,一摸反而惊得张开嘴巴倒吸了一口冷气。乖乖,裤袋里的皮夹子怎么又不翼而飞了?好家伙,果真出手不凡,动作干脆清爽,让人防不胜防。

然而,这时的阿六头却并不因自己的皮夹子被人偷了而感到懊恼,反而禁不住"噗嗤"一声,暗自笑了起来。原来,阿六头皮夹子里放的不是钱,而是一叠引鱼上钩的卫生草纸,并且在皮夹子里还夹了张纸条,上面写着:小瘪三,偷人钱财,手指必烂!

这下,阿六头虽说没有亲自捉到那个扒手,但不管怎么说,让扒手鸭吃砻糠——空欢喜,阿六头心里也是蛮满足的了。

正在这时,阿六头看见商店楼梯出口处围着一群人,他便轧闹猛地挤进了人堆,想看个究竟。原来是一个农村妇女的一只人造革背包,被小偷用刀片拦腰划开了一条裂缝,皮包里放着的500元钱,被扒手扫了个精光。

那妇女被人偷了钱,哭得十分伤心。围观的顾客见此情景,便愤愤议论道:"这帮贼坯,真缺德,要是捉牢了,决不轻饶他们!""是啊,作孽,真作孽呀!"

这时,一个漂亮的年轻姑娘从阿六头身后挤到那妇女面前,不声不响地从口袋里掏出了十块钱,说:"大嫂,钱不多,表表心意吧。"说完,把钱塞到那妇女手里,转身走了。

这样一来,许多围观的人便学着姑娘的样,你给五元,我给十元地往农村妇女手里塞着钱。

阿六头本是个心地善良的人,对落难之人更有同情心,他一下子从衣袋里掏出五张十块共五十块钱,给了那农村妇女,然后从围观的人堆里挤了出来。

这时,阿六头突然觉得后裤袋里像是多了样什么东西,摸出来一看,不由惊得哑口无言:咦,怪哉,这皮夹子不是刚才被小偷摸去了吗,怎么现在又回来了呢?于是,阿六头忙打开皮夹子,发现里面依然放着一叠卫生纸,还多了一张纸条,上面写的是:小阿弟,呒没铜钿,逛啥商店。

乖乖,不得了,这个扒手果真是个老手,他偷钱不光是认铜钿,而且还认着人哩!此时此刻,阿六头想想不免有些懊恼:我阿六头也算得上是个聪明人了,可怎么就是对付不了这个"三只手"呢?刚才我要是留点神,捉住这个扒手,这位农村妇女也不致于落到这种地步。对,一不做二不休。我得动动脑筋,非把这个扒手捉住了不可!

时隔三天,阿六头再次来到观海商楼。今朝他是一副旅游者的休闲打扮,鼻梁上架着一副茶色墨镜,肩上背着一只黑色旅游包,显得很有派头。阿六头进了商店,又来到烟酒柜前,亮了亮钞票,买了几包外烟放进了旅游包里。接着又去了钟表柜,把旅游包往柜台上一搁,"哗"一下拉开了旅游包的拉链,从包里掏出一叠"大团结","嚓嚓嚓"数了十来张,买了一块进口手表。然后把余钱和刚买的手表往包里一放,背上包离开了钟表柜台,去了时装柜前。偏巧,今朝时装柜前很是热闹,柜台内正在削价处理一批清仓衬衫。阿六头挤了过去,让营业员取出几件衬衣,左摸摸右瞧瞧,像是验收员验收货物一般。

正在这时,突然"哇呀、哇呀"有人在阿六头的身后发出一阵又一阵的惨叫。阿六头转过头来一看,见是个打扮时髦的漂亮女郎,他定睛朝姑娘仔细一打量,不由惊讶地对姑娘说道:"姑娘,你好面熟呀,你不就是前几天那个救济农村妇女十块钱的漂亮小姐吗?怎么,今天你把手伸进我的背包里,莫不是也想救济救济我吧!"

"哇呀,哇呀"那姑娘只顾惨叫,什么话也说不出。

这时,店堂里的顾客和治安执勤人员闻讯都围了过来。而阿六头则不急不慢地当着众人的面,把姑娘的手从旅游包拦腰一道新割开的裂缝中慢慢地地拉了出来。

"哇——"众人一见,顿时惊讶不已。只见姑娘的食指被咬在一只三斤重的乌黑大鳖的嘴里,姑娘一个劲地"哇呀哇呀"叫喊着:"师傅,帮帮忙,我……我下次再也不敢了。"

原来,这只乌黑大鳖是阿六头三天前从远郊农村特地买来的。他让鳖整整饿了三天,今天一早他把这只饿得发疯的大鳖装进旅游包里,然后在背包的上层放了一只铅丝文稿网篮,网篮上面放了两千元人民币。阿六头想:这样一来,即便那扒手门槛再精,要想"吊"走我的人民币,也是"跷脚走钢丝——难"。

再说,这只大鳖,正在包里饿得难受,忽然,见旅游包的拦腰开了一道缝,又闻到一股"嫩肤霜"的异香飘了进来,抬头一看,只见一只雪白粉嫩的手伸了过来,心里不由一阵高兴,心想:阿六头见我肚子饿急了,就送只"金华火腿"来哉……于是就不客气地一口咬了上去。

"哇呀,哇呀……"

现在,阿六头看看这个漂亮的"三只手"一副狼狈样,心里顿时产生了一种说不出的满足,他不由为自己挖空心思想出来的这个"擒贼绝招"而沾沾自喜。

(吕丹平)

计捉窃贼

　　汉江市有个科研所,所里有位工程师叫秦万伦。这秦万伦是个事业心很强的人,这些年来一心扑在科研上,做出了许多成绩,却把个人的事给忘了。如今,他已三十多岁,依然单身一人,所以他家里几乎天天"铁将军"把门。

　　有一次,不知是他忘了锁门,还是"铁将军"失职,居然被小偷钻了空子。这小偷在秦万伦家实施了大扫荡,一阵翻箱倒柜,却不见值钱的东西,他一生气,便来了个恶作剧,将不知从哪弄来的一个骷髅头放到了写字台上,还扣上一块西瓜皮,又在瓜皮上刻了一首打油诗:"本人三只手,职业就是偷;今日到此游,原想弄点走;只因你太抠,家里没有油;下次我再来,请把钱留够,否则别怪我,还送骷髅头!"

晚上,秦万伦回到家,见家中一片狼藉,大吃一惊,又见桌上那骷髅头,好不恼火!但当他读罢西瓜皮上那首打油诗之后,却又笑了。

第二天傍晚,秦万伦发现楼前空地上有许多居民在乘凉,便凑上前去跟大伙侃大山。侃着侃着,扯到了小偷,于是秦万伦就像讲故事那样将自己家里遭贼偷的事原原本本讲了一遍。

大伙听完之后,有骂的,有笑的,还有的说:"嗬,这小偷有两下,还能写打油诗呀!"一位老太太告诉秦万伦:"骷髅头进家可不好呀,你得想法除除晦气,不然……"

秦万伦笑着说:"老人家,您有所不知,小偷给我送来的不是晦气,而是宝贝。"

"这话怎讲?"

"别看那骷髅头怪吓人的,经人一鉴定,原来是远古时代的遗骨,具有很高的科研价值,若是拿来卖的话,可以卖许许多多钱。你们想想,这从天而降的财富,不是我的运气吗?"

听他这一说,大伙都惊呆了,有羡慕的,有眼红的,有祝贺的,也有缠着要他请客的……好不热闹。从此,这件事成了人们谈论的热门话题,一传十、十传百,迅速向四面扩散开去,而且很快传到了那个送骷髅头的小偷的耳朵里。

小偷听到这个消息之后,自然吃惊不小,而且后悔不已,但转念一想没事,既然那骷髅头值钱,我能把它送出去,就不能将它取回来吗?于是他一连几天进行了周密的侦察,终于找到了一个机会,又一次钻进了秦万伦家。

使小偷惊喜不已的是,那个"宝贝"依旧在写字台上摆着,只是西瓜皮拿掉了,而且用一个玻璃罩子罩着,上面还贴着一张纸头,写着"只可看,不可动"六个大字,由此证明这确实是个值钱的东西。

小偷喜滋滋地走近一看,旁边还压着一张纸条,上面写道:

此骷髅虽有很大用处，但不值钱，如有小偷光临，别的东西尽管拿，切勿将骷髅头拿走，请多关照。小偷差点笑出声来，心想：老子闯荡江湖多年，啥世面没见过，想用"此地无银三百两"的手段来唬弄我，没门！老子今天啥东西也不要，就要这不值钱的死人脑壳！他主意打定，"嘿嘿"干笑了几声之后，便袖子一卷，揭掉了玻璃罩子，抱住骷髅头想将它往袋子里装。

哪知骷髅头像生了根似的，纹丝不动。"咦，怎么变重啦？"小偷急了，使出全身力气，推、拉、扳、拔，弄了一头大汗，就是掀不动。小偷想抽回手来擦把汗再作打算，可是双手也被骷髅头牢牢拉住，无法抽回了。他使劲一拉，哎唷唷，痛得钻心，这下才意识到自己上了大当，在劫难逃了。

没过多久，秦万伦回来了，一见这情景便说："哎呀呀，我不是写着'只可看不可动'吗？那上面涂有我最近研制成功的万能黏胶，你这一黏上就麻烦喽！"

小偷连忙说："先生，你大人不记小人过，就救我一命吧，我不会忘记你的。"

"救你一命？哈哈哈，你放心，死不了，只是受点罪而已。"秦万伦说完，给派出所挂了电话。

不一会儿，刑警赶到，秦万伦这才用解胶水将小偷的双手从骷髅头上取下来。他笑着说："这玩意儿不值钱，唯一的用处就是抓你这个小偷，你明白了吗？"

秦万伦巧计抓小偷的事儿很快传扬开去，有位记者还写了篇文章在省报上发表。

这一来，万能黏胶名声大振，走俏大江南北。秦万伦也由此破格晋升为高级工程师。更有趣的是，小偷们从此再也不敢光顾秦万伦家了，因为都怕被万能黏胶黏住。

（张省如）

医院枪声

　　钟大奎今年 32 岁，生得虎背熊腰。他当过兵，在部队练就了一身硬功夫，退伍后分配在市公安局刑警队，后来又进警校进修，他能文能武，每逢遇上重大刑事案件，总是冲锋陷阵，屡建战功。

　　由于刑警工作的特殊性，钟大奎经常住在局里，眼见他妻子爱华的身子越来越重，快要临产了，局领导放心不下，下命令从一线把他调回，让他回家好好照顾妻子。

　　这天凌晨，爱华突然喊肚子痛，而且越痛越厉害，钟大奎估计爱华要生了，所以急忙出门拦了辆"的士"，搀扶着爱华钻进车里，急匆匆朝医院奔去。

　　机会不错！这几天妇产科出现了少有的"小淡季"，生孩子的不算太多,有几张空床。钟大奎预交了 500 元住院费,没费多大事,爱华就住进了医院。

到了傍晚,爱华疼痛加剧,在床上不停地呻吟,钟大奎找到医生办公室,对一位医生说:"大夫,我爱人痛得受不住了,请你快去看看。"

医生连头都没抬,说:"你瞎吵吵啥,哪个女人生孩子不这样?她还不到时候,天亮生下来就不错了。你扶着她到走廊里走走,别老在床上躺着。"

钟大奎回到病房,把医生说的话告诉爱华,可是爱华浑身瘫软,汗水不住地顺着脸颊往下流,怎么也起不来了。

过了一会儿,走廊上传来了嘈杂的声音,医护人员开始换班了。钟大奎看着爱华十分痛苦的样子,感到揪心的难受,他又一次来到医生办公室,见换了大夫,就向大夫说明了情况,苦苦哀求大夫到病房去看看。

"你们是哪床的?"值夜班的大夫听完钟大奎的话,不紧不慢地问。

"7 室 28 床的。"钟大奎急忙回答。

"你先回去吧,我们马上就去。"

等了半天仍不见动静,钟大奎只得再次去请。刚一进屋就被医生训斥了一顿:"你折腾啥?好像天底下只有你老婆生孩子难受,哪个女人生孩子不是这样?等着吧,该去的时候我们自然会去的。"

钟大奎平时只知道和罪犯打交道,从来没碰到这样的医生,一时间什么话也说不出来。回到病房,邻床的家属主动过来说:"同志呀,我看你爱人的情况有点不正常,快去叫大夫吧。"

钟大奎无可奈何地说:"我去请了好几趟了,可她们就是不来,说还不到时候。"

"这可不是闹着玩的,再耽搁下去会出人命的!"邻床的家属提醒道。

钟大奎想想心里更加紧张,便再一次来到医生办公室。办公室的门紧锁着,里面静悄悄的,没有灯光。钟大奎敲了半天也不见动静。这时走廊那边有说话的声音,钟大奎就朝那边走去。转过弯,见门上方挂着个白底红字的牌子:护士值班室。房间里吵吵嚷嚷的好像有不少人,钟大奎伸手敲了几下门,根本没人理他,他试着推了一下,门没上锁,他就走了进去。

房间里乌烟瘴气的,整个妇产科值夜班的人都挤在这里,收款的,发药的,打针的,倒尿的,几乎一个不少。十几个人围着一张桌子在搓麻将。前面的坐着,后面的站着,四个人上阵,余下的人有的"支招",有的"压龙",有的给上阵的人把钱。因为都穿白大褂,也分不清谁是医生,钟大奎只得冲着众人高喊:"大夫,我妻子都快不行了,求求你们快去看看吧!"

经过钟大奎苦苦哀求,总算有一位女大夫站起来,跟着钟大奎走出了值班室。

女大夫给爱华做了检查,叫上钟大奎又回到了护士值班室,她同另一个男大夫耳语了几句,就对钟大奎说:"你老婆要剖腹产,你马上跟小李去交钱。"说着朝坐在桌前的那位护士一指。

钟大奎口袋里只剩下300元钱了,就问:"需要多少钱?"

小李先是没答腔,后来大喊一声"三万!"

钟大奎被吓住了,不禁脱口问:"什么? 要三万?"

小李回过头,很不高兴地白了钟大奎一眼:"看你这个憨样,还当警察呢,三万是牌。"

钟大奎这才回过神来,小李打出的那张麻将牌是三万。

女大夫见钟大奎弄拧了,马上又解释说:"你先交1000元手术费吧。"

钟大奎赶紧把钱掏出来,说:"我身上就剩下这300元钱了,求求你们,先救人,天一亮,我马上就去取钱。"

"这可不行,医院有规定,先交款后就医,不管是什么人,不交钱就别想看病,你还是快回去取钱吧。"

钟大奎无奈,只得求同病房的人暂时关照一下妻子,自己急匆匆跑出了医院。家中已经没有现金了,深更半夜银行又不开门,钟大奎只得去敲熟人家的门,终算凑足了1000元。等他返回医院,已经快深夜12点了。这时,爱华已经不再呻吟,呼吸也相当微弱,灰白的脸开始发青,让人见了害怕。

同病房的人见钟大奎回来了,绷紧的心才缓和了一些,赶紧帮着去办手续。交了钱,才来了两位护士,把爱华抬上一辆双轮小车,推进了手术室。

钟大奎焦急地等在手术室外,忽听有人喊道:"28床的家属,赶快到血库去交500元备血费。"

一声叫喊,又如当头一棒,差点把钟大奎给击懵了。

同病房的人直埋怨他:"你这人也真是的,咋不多准备点钱呢?如今办事离开钱能行?我们这些正常生孩子的人,还得送个三五百的红包,你老婆难产,恐怕没有千把元钱的红包是下不来的。主刀的、麻醉的、药剂师、护士,哪路'神仙'也少不得,顺利,你不对他们意思意思,他们就处处刁难你。瞧,半夜三更的,零打碎敲,还不明摆着是故意给你出难题吗?"

钟大奎平时只知道一心扑在工作上,家中的一应事物全由爱华掌管,他哪里懂得这些人情世故,眼下经人们一提醒,如梦方醒,可手中没有钱,说啥也没用。大家见情况危急,纷纷相助。然而整个7病室总共四张床,人们把口袋都掏空了才凑了382元钱。

夜深人静,除了7号病室,整个妇产科静悄悄的。凌晨1点30分,钟大奎怀着忐忑不安的心情,穿过灯光昏暗的走廊,再一次找到医护人员,当他把382元钱捧出来苦苦哀求时,遭到的仍然是拒绝。

俗话说:一分钱难倒英雄汉。这位在追捕罪犯时临危不惧的公安战士眼下万般无奈,竟然"扑通"一声双膝跪倒在地,声泪俱下地哀求说:"大夫,求求你们,赶快救救我妻子吧,天一亮,就是1千8,1万8,我也设法给你们送来。我是一名人民警察,是绝对不会赖账的,大夫,大夫……"

不等钟大奎把话说完,那位女大夫就火了:"你警察有什么了不起,没钱就少说几句。"

这几句话可把钟大奎给气坏了,他真想蹦起来,抬手给她几拳,可是人在屋檐下,不得不低头!为了救妻儿性命,钟大奎豁出去了,他强压住心头怒火,慢慢站起来,拔出腰间的"六四"式手枪,往桌上一放,说:"我把手枪放在这里作抵押,枪是我们公安战士的第二性命,这下你们该相信了吧。"

"嚯,少拿手枪来吓唬人,这玩意儿谁没见过,还不如根烧火棍呢。我们不犯罪,不违法,你掏出枪来能把我们怎么样?少来这一套!"几个穿白大褂的见了,在一旁热一句、冷一句地议论开来,无可奈何的钟大奎只得转身又跑出医院,飞快地消失在夜幕之中。

凌晨2点30分,医生们见再拖延下去,肯定要出人命,这才不得不给爱华进行手术。爱华的肚皮很快被切开了,是一对"龙凤"胎,一男一女两个婴儿被取出了母体。然而,由于耽搁的时间太长,这两个婴儿已经憋死了,他们的母亲一句话没留下,也停止了呼吸。

3点45分,钟大奎怀里揣着一沓人民币,满身汗水、气喘吁吁地返回医院,当他把钱递给医生时,得到的只有两个冷冰冰的字:"死了!"

钟大奎哪肯相信,匆匆揭开白布单,发现妻子和一双儿女都直挺挺地躺在那里,脑袋"嗡"地一声,人就失去了理智。他掏出怀中的一沓人民币,朝天一扬,大大小小各种面值的人民币纷纷扬扬落在妇产科走廊的地上。昏暗的灯光下,他的面目越来越变得狰狞可怕。

走廊两头站满了人,有产妇,有病人,有病人的家属,也有医护人员,他们都远远望着一会儿哭、一会儿笑的钟大奎,谁也不敢近前。钟大奎渐渐停止了哭笑,一双布满血丝的眼睛露出可怕的凶光,上牙齿咬进下嘴唇里,鲜血顺着嘴角直往下流。他突然拔出手枪,大吼一声,犹如虎啸一般,震得走廊里"嗡嗡"直响。钟大奎一边朝前走一边大声骂道:"婊子养的王八蛋,什么'白衣天使',纯粹是变相的杀人犯!你们拿手术刀'宰'人,老子这枪也不是吃素的,我看你们到底是要钱还是要命!"

走廊上的人们都被吓跑了。钟大奎一脚踹开医生办公室的门,看见穿白大褂的,不问青红皂白,一把拽过来,对准脑门就是一枪。

他一连杀了4个"白大褂",他看了看冒烟的枪口,又朝躺在地上的4具尸体挨个狠狠地踹了一脚,然后把枪口对准了自己的太阳穴,悲愤地喊了声:"爱华,等等我,我来啦!"接着扣动了扳机……

8条性命,就这样消失了,而这桩令人痛心的惨案引起的社会震动是巨大的,法学界将把这桩案子作为典型案例进行解剖。人们迫切希望,能从中找出带有普遍性的社会问题……

(鲁　秀)

二流子发财记

　　财从天降,二流子拾到一大笔巨款。于是乎,他晕晕乎乎地做起了金钱美女梦——

飞 来 横 财

　　一天傍晚,在上海沪西刚落成的新工房地区,贼头贼脑地走来一个邋里邋遢的乡下人,皱巴巴的脸上那双鼠眼,滴溜溜乱转。

　　这个人姓平叫二狗,是绍兴乡下平家村有名的二流子,现在到上海来拾垃圾混日子。说是拾垃圾,其实还是干他在乡下的老本行,不是顺手牵羊,就是偷鸡摸狗。

这时他的贼眼紧紧盯着墙脚下一捆手指粗的钢筋,一见四周无人,便像个幽灵似的蹿到墙边。他刚要伸手去捞钢筋,突然,"砰"的一声,平二狗顿时双眼直冒金星,额头火辣辣地痛,身体差一点扑倒在地上,他定神一看,原来祸从天降,这幢空关的十五层楼房上甩下一个黑沉沉的东西,不偏不斜落在他的额头上。

平二狗摸着头上凸起的一个大包,抬头骂道:"要死人了,哪个短命鬼乱甩东西,老子的头撞坏了要赔!"

他嘴巴上叫得震天响,心里小算盘在计算:这一下我平二狗要发点小财,什么医疗费、营养费、工休费、旅馆费,还要每天补助费。想到这里,不觉"嘿嘿"笑出声来。

不料他连叫几声,整幢楼房的窗都紧闭着,竟没人探头出来理睬。

平二狗傻眼了,摸着头上的肿包唉声叹气:"老子倒霉!"

话音刚落,突然他的三角眼射出了亮光,掉在他头上的不是垃圾,而是一只鼓鼓囊囊的崭新黑色牛津包。

他忙拾起来,拉开拉链一看,顿时惊得嘴巴也合不拢,包里竟是花花绿绿的人民币!他没敢细看,忙拉上拉链,迅速将黑色牛津包塞进随身带的放垃圾的蛇皮麻袋里。

就在平二狗要走时,第十层楼窗口里伸出一个头发乱蓬蓬的脑袋,尖声嚎叫:"老大爷,包是我们的,等一等。"

平二狗笑了:"得了,你知道我干啥的?我不要你赔医药费了,我就看中这个包。"说完,他脑袋一缩,脚底像抹了黄油,朝横七竖八的棚户房溜去。

平二狗七转八弯,不知换了几辆公交车,神出鬼没地来到沪东。他观察了四周,最后看中了个体经营的"咪咪旅馆",觉得这里地段僻静,行人不多,现在安全是最重要的。平二狗缩了缩脖子,提着蛇皮袋贼头贼脑推门进了旅馆。

不料平二狗一进旅馆，却被打扮得花枝招展的老板娘当头一喝："喂，这里不是垃圾桶，快走开！"

平二狗呆一呆，随即"咯咯"地笑了起来："喂，老板娘，生意上门不做？我是住旅馆的。"

"好！二十五元一个单间，住吗？住就付钞票，没有钞票请快点走！"老板娘冷若冰霜，来个狮子大开口，想吓退这个拾垃圾的瘪三。

平二狗瞧着自己油光光、臭烘烘的身子，知道老板娘嫌他没钱，就亮开嗓门说："二十五元一天的单间，小事一桩，我有胃口！"

他说着从蛇皮袋里掏出黑色牛津包，拉开拉链，摸出厚厚一叠人民币，抽出钞票朝台上一甩，接着又甩一句话："先住5天！"

拾垃圾的出手不凡，老板娘大吃一惊，水汪汪的俏眼迅速一扫，眼角瞄进牛津包里。乖乖，真是人不可貌相！这只牛津包里钞票厚厚的一叠，起码也有几千元，这可是条大鱼，一定要让这条大鱼放点"血"出来。

做生意的人说变就变，她冷冷的粉脸上立刻泛起俏丽的笑容，音调也变得温柔体贴："老板，店里供应酒菜，要吃什么喊一声，热水瓶等一会儿送上楼。"

艳 福 不 浅

平二狗走进旅馆单间，一关上门，就迫不及待地拉开牛津包拉链，"哗啦啦"把里面的东西统统倒出来。

平二狗对包里的钢笔、打火机、镜子乱七八糟东西看也不看，只拣包里的钞票。钞票的确不少，他干了一辈子小偷生意，从来没有到手过这么多钱。今天他从沪西横穿半个大上海溜到沪东来，那个丢包的孙子就是乘飞机也追不到他。真是人无横财不富,马无夜草不肥,我平二狗时来运转推不开,也该好好抖一抖了。

平二狗惬意地横卧床上,沾着口涎水在点钞票,粗短的手指点了几遍才点清,整整三千元整! 除了三千元人民币外,还有不少印有外国字外国人肖像的花纸头,他拿在手里横看竖看看不懂,但他认得数字,这些花纸头加起来有五千元,心里猜想这可能是什么外国钞票,先藏起来再说。

平二狗刚把钞票藏好,只听见"咔嚓"一声,门锁打开了,一阵香气扑鼻而来,平二狗扭头一看,原来是老板娘。

老板娘扭着细腰轻轻推门而入,有意无意把房门又掩上了,笑吟吟地开口道:"老板一路辛苦,怎么只住5天,也不在上海多玩几天?"一边说着,一边一双媚眼含情地朝平二狗瞟去。

"做生意谈不上辛苦,只要住得舒服,我就多住几天。"

平二狗话一脱口,老板娘心中一阵暗喜,假装关心地说:"要讲舒服,就要女人服侍,怎么不和老婆一起出来?"

平二狗摇头晃脑叹声气:"嘿,我整天在外跑码头,哪里来的老婆?"

老板娘听了喜得单刀直入地说:"真可怜,一个男人没有女人最苦,老板想女人了吧?"

平二狗听了,正中自己下怀,有了钱不玩几个女人是"寿头",便急忙忙接口道:"想!想!"

老板娘看他一副猴急贼腔,嫣然一笑:"拿两百元钱来,我做介绍人。"

平二狗眼睛也没眨,立刻从上衣袋里摸出一叠钞票,飞快地点了二十张拾元钞票塞在老板娘手里,急不可耐地说:"那就麻烦老板娘了,要挑个漂亮的小娘子。"

老板娘笑得更甜了,她一屁股坐在床沿上,一只纤纤嫩手朝他额上一点,嗲声嗲气地说:"远在天边,近在眼前,你看我这个人怎么样？"

平二狗惊呆了，不由得仔细打量起老板娘来，只见她一双水汪汪的大眼睛媚光四射，尽管徐娘半老，但风韵犹存，特别是她的皮肤晶莹洁白，更是叫人想入非非。但是他这个癞蛤蟆不敢吃天鹅肉，便摇摇头说："嘿嘿，老板娘说笑话，说笑话。"

老板娘却浪声炙人："刚才是介绍费，如果要我这个人，再付三百元，不贵吧？"

平二狗恍然大悟，对方只认钞票不认人，癞蛤蟆可以吃天鹅肉，钞票算啥？反正拾来的也不花力气，他急忙又摸出三十张拾元钞票，老板娘把钞票藏好，就顺手关了电灯……

一眨眼，平二狗一住就住了七天。这七天对平二狗来说是活神仙的日子，但他袋里厚厚的人民币也没有了，他吃光用光还欠了老板娘五十元。

平二狗正在想办法要溜走时，老板娘却拿着账单进来了，她横了一眼平二狗，正色说："交情归交情，生意归生意，账是要结清的。"

平二狗见无法脱身，只得哭丧着脸说："我实在是没有钞票了，能不能宽限几天？"

还没等平二狗把话讲完，老板娘杏眼圆睁，柳眉倒竖，嘴巴里"哼"了一声，说："你不要耍滑头骗我，你包里肯定还有不少钞票，你想赖账，告诉你，老娘不是好欺侮的！"

平二狗被老板娘一顿臭骂，突然想起包里还有一叠外国花纸头，如果真是外国钞票，倒还可以换点钞票还债了。想到这里，他急忙从包里摸出两张外国花纸头，假充内行对老板娘讲："你看见过吗？这是外国钞票。就是不知道这种外国钞票好派用场吗？"毕竟心里没有底，讲讲就露了底。

这些天来，老板娘一直日思夜想能再从平二狗身上榨点油水出来，听见还有外国钞票，忙接到手里一看，见是拾元票面的美金,心中一阵暗喜,好,这个垃圾朋友不识美国钞票,我就统统骗过来。于是她不露声色地点燃一根烟,随后轻飘飘地把外国钞票随手一甩,嘴里吐出一串烟圈,慢悠悠说:"好吧!看在我们相好的交情上,我替你试试看。晚上我带你到上海最大的商场去一次,请营业员看看这种外国钞票好用不好用。"

平二狗好似水中捞到一根救命稻草,像老母鸡啄米,拼命点头。

晚上,老板娘把前夫的一套蹩脚西装借给平二狗穿上,然后两个人像一对老夫少妻,走进一家大商场,来到金银首饰柜台。

这里有个獐头鼠目的青年营业员,不是别人,而是老板娘的表弟。老板娘晓得平二狗这种乡下人的脾气狡猾多疑,唯恐上当受骗,故意今天串个戏,连档表演,叫他死心塌地上当受骗。

老板娘装作认真的样子挑选项链,随后亲热地对平二狗说:"我喜欢这一根。"说完飞个媚眼,使个眼色。

平二狗心领神会,立刻小心翼翼摸出一张外国钞票。

青年营业员接过钞票,装模作样用手弹弹后,面色阴沉地说:"喂,开玩笑要看清地方,这种算什么钞票?不好用!"说完还轻蔑地瞄了平二狗一眼,骂一声:"神经病!"

平二狗吓得脖子一缩,赶紧把钞票塞进西装内插口袋。

老板娘微皱双眉,说:"误会了,我先生是香港来的,拿错钞票了。"说着,急匆匆拉着平二狗离开了商场。

平二狗垂头丧气地回到旅馆,人瘫在床上,眼睛呆呆地看着天花板,心里越想越懊恼:当初拾到那只包,不如早点回到乡下,够自己过一年神仙日子,现在倒好,才过了一个星期,还欠人家账。现在账还不清,人也走不脱,看样子要被老板娘送到派出所吃官司了。

平二狗正在唉声叹气时,老板娘端了一碗热气腾腾的馄饨走进平二狗的房间,细心细气地说:"急什么?身体要紧,今天上午我的话重了点,我们是老交情了,难道没有钞票真的赶你滚蛋? 趁热吃,这是菜肉馄饨,蛮鲜的。"

平二狗一听,不相信是真的,眨巴着小眼睛,装出可怜巴巴的样子探试着:"老板娘,你待我真好,我求你放我一条生路,让我回到乡下去,欠你的钞票一定马上还你。"

他话音刚落,老板娘"嘿嘿"一笑说:"平老板,这点小事还放在心上?"说完,那双水汪汪的大眼睛朝平二狗瞟去,"你没有用的外国钞票有多少?"

平二狗一听老板娘真的放过了他,现在问他花纸头,便马上从枕头底下摸出黑色小包,取出一叠外国钞票,全部递给老板娘,讨好地说:"你欢喜就拿去。"

老板娘接过这一叠美钞,心激动得"怦怦"直跳,但她拼命克制自己,轻描淡写地用手指戳戳平二狗的额头说:"哼,假情假义,这种钞票没有用就送我。如果是可以派用场,肯定一毛不拔!"

说到这里,老板娘突然神情严肃,"平老板,我们相好一场,情义是要讲的,这种外国钞票不好用的,放在你身上等于废纸,还容易闯祸,还是由我处理吧! 我知道钞票也用光了,现在我借给你一千元,将来你生意赚了就还我,蚀了也就算了,你看好不好?"

平二狗一听,老板娘不但放了他,而且用一千元换这一点没用的废纸,不禁心花怒放。真是财运来了推也推不开,三千元刚用光,又凭空来了一千元,这个老板娘憨到家了。我生意不会做,钞票也不会还,现在三十六计溜为上,免得夜长梦多,一旦这个喜怒无常的老板娘反悔,不但一千元泡汤,还要送我进派出所。

想到这里,平二狗脖子一缩,装成顺从的模样,连声说:"好,好,我听侬的话,现在我去买火车票回绍兴乡下去。"

平二狗转身要走，老板娘又叫住了他，平二狗以为她要变卦，吓得心"怦怦"乱跳，呆呆地看着老板娘。

老板娘微微一笑，悄悄地关照平二狗："到了乡下，不要乱讲，这些钞票任何人也不要提起，私藏外国钞票是有罪的。对了，这套西装你就穿回去算了，以后看到它，好歹也还能想得起我来。"

平二狗听了舒口气，像个被释放的劳改犯，急匆匆离开了咪咪旅馆。

上 当 受 骗

第二天，平二狗穿着西装，背着背包，满面春风回到村里，他逢人就笑，就递烟。村里人见他离乡时穿的一身破烂，时隔半年，摇身一变，成个阔佬，好不羡慕。

晚上，平二狗刚放下碗筷，就把村里爱热闹的男子汉拉到村中央一棵大树下讲新闻。

这村里有个不成文的习惯，谁从外地回来，一定要到这里讲一讲。现在大家最关心的是，他是怎么发财的？他发了多少？

平二狗摸摸脑袋，咳嗽一声，故意卖关子吊胃口，说："只怕我讲出来你们不相信！"

平二狗越是这样，大家越是不放他。

于是，他晃头晃脑地瞎编起来："那天，我在上海有名的红房子西菜馆吃高级西菜，这时有个华侨老头走了进来，坐在我旁边，看着我说：'你认识杨树浦路吗？'我说认识，他从口袋里掏出一把钱给我，足足有这么厚，让我给他女儿送件东西，我把东西送到他女儿手里。"说到这里，他眨眨小眼睛，"嘿，这个漂亮的小娘子看中我了，硬把我留下来，陪我吃酒，还伴她睡觉。我在上海大鱼大肉吃腻了，我想回来，可是我想，一夜夫妻百日恩，总要送样东西留作纪念。钱么是她爸爸送给我的，可是到了上海最大的商场去买首饰，却坏事了，不好用，是一堆废纸，气得我差点昏过去。还是这个娘子有情义，不但安慰我，还送我一千块钱。"

平二狗真真假假吹到这里，突然，从人群里冒出一句话："吹牛不犯法，骗死人又不赔命，你再吹吹吧！"

平二狗气得差一点跳起来，他一面解开西装纽扣，一面说："你们有没有鼻子？闻一闻，衣裳上有没有女人香味？"

这时他看见西装里侧小口袋里露出一张外国钞票，这是买项链时说钞票不好用放进去的，这时他像看见救星一样摸出来献宝，得意地说："看看，这就是华侨老头送给我的钞票，我吹牛的话，天打五雷轰。"

他一个叫平七的堂弟伸手接过来一看，不禁脱口而出："这是顶值钱的美金，怎么不好用？"

平七前一时期到温州贩卖服装，看见过这种外国钞票，所以摆出一副老资格的样子说，"你真是憨大，这种外国钞票拿到银行里去兑换，一块好兑好几块人民币哪，你被人家斩得家里也不认识了。"

平二狗闻听此言，犹如五雷轰顶，眼前金星乱舞，差一点昏倒。

平七一把将平二狗拖出人群，悄悄问他："这种外国钞票有多少？"

平二狗扳着颤抖的手指在计算："大约五千元左右。"

平七冷笑："按照黑市价，这笔外国钞票可调三万五千元人民币，这个娘子心太黑，给你一千元，独吞三万四千元，心太黑了！"

平二狗如梦初醒，跌跌撞撞回到家里，拎起一只背包就走。

平七急急拖住平二狗："二狗，你到什么地方去？"

"我乘火车到上海去寻这个贱货女人算账。"

"哼,凭你一个人到上海就可以算账?"

平二狗无可奈何,长叹一声,瘫坐在地上。

平七拍拍他的肩说:"老兄,我们是兄弟,一笔写不出两个'平'字,我叫两个小兄弟跟你一起走,我们四个对一个,一定要把这笔钞票讨回来。"

平二狗感到平七说得有理,一边点头一边说:"钞票讨回来,我请客。"

平七摇摇头:"啥人要你请客!钞票讨回来,我们对半分。"

平二狗哭丧着脸,心想:还没去上海,先被斩了一刀。但是不去上海,连一分钱也没有!他咬咬牙同意了,于是一行四人连夜乘车到上海。

南 柯 一 梦

平二狗和平七带了两个彪形大汉,下了火车直奔咪咪旅馆。

平七猛地推开大门,气势汹汹冲了进去,店里柜台旁边没有人,平二狗仗着人多势众,扯着嗓门冲着楼上叫了起来:"老板娘,快下来,我有急事。"

不一会儿,只听见"噔噔噔"老板娘急步下楼来了。

老板娘一见他们,不仅不惊慌,反而一脸笑容,还露出惊喜的神色对平二狗说:"喔,平老板离开两天又来了,欢迎,欢迎,是不是要上楼住单间啊?"

平二狗看见老板娘脸带媚笑,刚才气势汹汹的狠劲霎地就松了,他结结巴巴地喊着:"我是来算账的。"

老板娘一听,立刻变了脸,哼了一声,说:"算账,好啊!我也要找你算账,因为你没有留地址,现在你先还我借给你的一千元,再讲话。"

平二狗一听傻眼了,那一千元他早花了差不多了。

就在他愣神的片刻，身后的平七从口袋里掏出一叠人民币往桌上一扔，冷笑着说："我是平老板的兄弟，今天是他的代理人。俗话说，无事不登三宝殿，老板娘是明白人，你看私了还是公了！"

老板娘收起一千元，脸上又堆满了笑："一切好商量，平老板的账，我们会算清，你们几位先吃点饭。"

说到这里她向楼上喊了一声，叫一个伙计陪平七三个人去外面餐厅吃饭。

平七得意地悄悄对平二狗说："怎么样？我没白来吧？现在社会吃软怕硬，不给点厉害看看，是不会拿到钞票的，你要狠一点。"

这时，老板娘对平七说："朋友，你们吃了饭再来谈，平老板留下来先谈，分别几天，怪让人想的。平老板，你想不想我？"

平二狗得意地对平七瞟了一眼，便跟着老板娘大摇大摆地朝楼上的单间走去。

老板娘把平二狗领进房间，嗲声嗲气地娇嗔着说："平老板，我送你一千元，你还有面孔上门再算账？"

平二狗眨了眨小眼睛："老板娘，你的心也太狠了，上次送你的外国钞票是美金，你斩得我太凶了。"

老板娘叹口气说："你讲我骗你、斩你，你良心有吗？你和我一道到商场去买首饰，营业员讲清楚不能派用场，谁晓得是美金？这次你回乡，又没有地址，我也真想你，假如有地址，我一定会到乡下找你的。"

平二狗听后，心里安定了，心想：这个娘子蛮讲交情，只要肯把美金还我，我又有钞票了。

想到这里钞票仿佛已在袋里，他闻着老板娘身上的阵阵香气，不由得伸出了手去搂老板娘。

老板娘柳腰轻闪，平二狗扑个空。

他急了："你怕啥？我用美金付给你。"

老板娘说："慢！先讲个条件。"

"啥个条件？"

老板娘拿出一张白纸，写上几句：美金五千元是我委托咪咪旅馆调换，一切责任由我全部承担，恐口说无凭，特立此据。

平二狗看了心里开心啊：写张条子，那就更硬了，看来我狠一狠，老板娘反而见我怕，处处要拍我马屁。

他刚签好名字，老板娘对平二狗说："现在我去拿美金来还你，你等我，另外我再拿两瓶酒，拿几盆菜来。"

"好，你快一点。"平二狗神魂颠倒做着美梦。

片刻之后，房门推开了，平二狗躲在门外，想来个突然袭击，拦腰抱住这个娘子，可以享乐一番，不料平二狗扑上去，突然感到不对，抱牢的不是软软香香的女人，而是一个和他一样的男人，他揉揉眼睛一看，吓得灵魂出窍，来人根本不是老板娘，是个穿白色警服的民警。

怎么眼睛一眨老母鸡变鸭，老板娘变成了民警呢？

原来几天前，老板娘把美金骗到手后急不可待，便让表弟到华侨商店门口去高价出售，在非法交易中被民警抓获。经鉴定，这五千元美元是假的，于是表弟被拘留审查，交代美元的来路，老板娘得悉后，急得要发疯，偷鸡不着蚀把米，正苦于找不到这个拾垃圾的瘪三，想不到他自己送上门来，于是她把平二狗他们稳住后立即到派出所报案，喊来了民警。

民警问呆在一边的平二狗："这五千美元是你的？"

平二狗晓得大事不妙，吓得连连摇头："我不晓得，我不晓得。"

这时老板娘讲话了："民警同志，这是他立下的字据，赖是赖不掉的。"

平二狗没法赖了，只得一五一十交代了经过。说完，一个劲地朝地朝民警作揖说:"饶了我,美元我不要了,美元我不要了。"

这时平七三个人饭后回旅馆,平七听到平二狗在楼上连声喊:"美金不要了!"认为平二狗吃了亏,立刻马脸拉长,喊一声:"打!"跟在身后的两个大汉闻声动手,八仙桌子翻身,热水瓶摔碎,随后三个人急步冲上楼,想再弄点颜色给老板娘尝尝,不料冲到半楼,一个威严的民警站在他们面前,他们吓得脚底发软,"噔噔噔"滚下了楼梯。

老板娘见民警押着平二狗四个人走出店门,狠狠地说:"民警同志,他们无法无天,你一定要严办,为我出口恶气。"

民警转过头,严肃地说:"你搞卖淫活动,触犯刑法,一起到公安局去。"

老板娘惊呆了,垂头丧气像只瘟鸡。

平二狗长叹一声:"天有报应,天有报应!"

(孙炳华)

愚 昧 法 盲

人类一旦觉得自己能完全地精心思考和感受，知道神圣的法律已经替代了他的刀枪，他就从野兽王国中迈步出来了。

自作聪明

　　松阳县人民医院的内科医生宋平年届不惑,与妻子离婚后,带着个8岁的男孩震震。为了解决震震的农转非问题,宋平隔三差五地去找公安局的女户籍警朱青。

　　前些天,他得知朱青患了肾炎,便一天三次登门探视,为了购到一种特效药,他还亲自赶往省城,来回上百里,一句怨言都没有。

　　朱青的一颗芳心被打动了,她是一个在爱情道路上经历过曲折坎坷的人,感到恋人之间的山盟海誓、甜言蜜语实在是一钱不值,而像宋平这样40岁左右的中年男子才会体贴人、关心人,才是真正靠得住的男人。

　　于是,朱青悄悄地爱上了宋平,并频频向对方发去爱的信号,但宋平却一点不动心。

在一个风和日丽的下午,朱青约宋平到江边公园会面。迟迟而来的宋平听朱青说震震的户口问题已经解决了,不由得一阵狂喜,但他见朱青两眼深陷,脸色苍白,与以前的朱青判若两人,不由得吃了一惊,忙问:"朱青,你怎么啦?生病了吗?"朱青也不说话,从口袋里摸出一本病历卡递给了宋平。宋平打开一看,顿觉浑身火热、天旋地转,天哪,朱青竟然瞒着自己悄悄地做了绝育手术!

朱青长吁一口气,说:"宋平,这下你可以放心了吧?今后,小震震是你的心肝宝贝,也是我的宝贝心肝。"宋平忍不住两行热泪夺眶而出,他呜咽着说:"朱青,你、你对我太好了,我……我实在想不到你会这样……朱青,我的心乱极了,你先回去休息,我们三天以后再见面,好吗?"

宋平与朱青分手后,昏昏然不知所措。原来,宋平与妻子爱芳本是一对恩爱夫妻,两人情投意合,心心相印,只是为了解决震震的户口问题,夫妻俩暂时办了离婚手续,打算事情成功以后再复婚,谁知半路上杀出一个痴情的朱青。宋平六神无主,只得飞快地去找爱芳。

爱芳是个快言快语的直性子人,见宋平一副垂头丧气的样子,失望地说:"震震的户口还是没有办好吧?唉,真不知道要等到何年何月。""户口倒是办好了……""办好了?真的?那你为什么还哭丧着脸?"宋平长叹几声,便把朱青的事情一股脑儿地对爱芳说了。

爱芳闻听,惊得半天合不拢嘴巴,半晌,才如梦初醒地说:"天底下竟有这种事情?这不行,一千个不行,一万个不行!宋平,你快去和她讲清楚,我们就要复婚了,让她趁早打消和你结婚的念头。"宋平一咬牙,转身往门外冲去。谁知刚到大门口,爱芳却又把他拉住了,爱芳的眼泪"扑簌簌"地往下流,她说:"宋平,等一等……朱青她一个姑娘家,已经绝了育,如果你把事情的真相告诉她,不是把她往死路上逼吗?"夫妻俩悔不该当初弄虚作假,以致现在事情到了无法挽回的地步,两个人商量来商量去,怎么也想不出个好办法。

最后,爱芳决定忍痛割爱,把宋平让给痴情的朱青。

宋平怀着无比沉重的心情,强颜欢笑地与朱青谈起了恋爱。但他们很快发现,震震这孩子变了,明显地变了,他见到朱青不再是亲亲热热"阿姨、阿姨"地叫唤,而是小脑袋一歪,小眼睛一斜,冷冷地蹦出几声:"坏女人、臭女人,不要脸的女人。"这使宋平既惊奇又恼火,他斥责小震震不可以这样对待阿姨,小震震却振振有词地说:"爸爸,我不要听你的话,你骗人,你说妈妈过一段时间就会回来,为什么不回来了? 你为什么老是和这个姓朱的女人在一起?"说得宋平不知该怎样解释才好。还是朱青大度,劝住了宋平,她认为,这不能怪孩子,父母的离异会使孩子的性格孤僻怪异。她自信,只要自己用一颗慈母般的爱心去对待震震,一定会使震震喜欢自己的。

不久,宋平和朱青决定结婚,婚期就定在中秋节。

这天晚上,闻讯前来祝贺的亲朋好友济济一堂。宋平正忙着接待客人,震震拉了拉他的袖子,递给他一个信封,说是妈妈送来的。宋平拆开一看,见里面有两粒胃舒平,还有一张纸条,上面写着:"你胃不好,千万少喝酒,别忘了睡前服药。"宋平的心颤抖了,毕竟十年夫妻,情深似海啊。自己这里欢歌笑语,洞房花烛,爱芳此时一定是独对孤灯,不知道哭成什么样子了,却还念念不忘地想着自己,这怎不叫宋平痛断肝肠。

深夜,宾客们兴犹未尽地散去,新房里只剩下一对新人。朱青娇羞地依偎在宋平那结实的胸前,感到自己是世界上最幸福的人了。但她忽然惊叫一声:"啊,宋平,震震呢? 他到哪里去了?"

是啊,刚才还看到几个朋友在逗着震震玩,不过几分钟的工夫,这孩子不声不响地到哪里去了呢? 这可把一对新婚夫妻急坏了,两人忙分头去找震震。

朱青一边寻,一边不停地唤着:"震震,震震……"夜深人静,震震会到哪里去呢? 突然一个念头一闪而过:震震会不会找他妈妈去了? 想到这,她顾不上多考虑自己的处境,直朝爱芳住处奔去。

爱芳离婚后,住在厂里的单身宿舍里。

朱青连奔带跑,气喘吁吁地到了爱芳的住处。只见窗帘低垂,悄然无声,里面还亮着灯。朱青来到窗下,迟疑片刻,轻轻地唤着:"爱芳、爱芳!"里面的爱芳答应了一声,不一会,门开了,爱芳低着头走了出来。见她满面泪痕,朱青一愣,正想开口,忽然,从里屋冲出了小震震,他怒气冲冲地骂道:"出去,出去,滚出去! 你这个坏女人,我妈妈已经气得三天没有吃饭了,你还要来气她吗?"小家伙边说边用尽力气,死命地推着朱青。

朱青急忙倒退着,谁知身后偏巧有一条正在挖掘中的水沟,朱青的左脚踏空,"扑通"一声跌入沟中,顿时,一阵钻心的疼痛向她袭来,她眼前一黑,失去了知觉。

朱青醒过来时,发现自己躺在医院的病床上,是爱芳把她送来的。经医院诊断:朱青的左脚严重骨折,需要住院治疗。这下可苦了宋平,他一下班就守护在朱青的病床前。谁想到屋漏偏逢连日雨,小震震也病倒了,先是轻微的发烧、咳嗽,继而加剧,转化为急性肺炎,住进了儿科病房。

震震住院后,又发起了牛脾气,说什么也不肯接受治疗,弄得医生和宋平束手无策。宋平要打他,孩子头一昂,说:"我什么都不要,就要妈妈!"

朱青目睹这一切,心里像压上了一块大石头,她默默地思考了好久,未了,拄着拐棍给爱芳打了个电话,她对爱芳讲了震震的病情,诉说了孩子是如何思念妈妈,并请爱芳来医院照顾震震。

爱芳飞快地赶来了,她一进病房,震震就停止了哭闹。爱芳见孩子病成这样,忍不住把他紧紧地抱在怀里。妈妈来了,震震便乖乖地开始接受治疗,一旁的宋平这才松了一口气。

朱青尽管病体未愈,但每天都支撑着去探望震震。

孩子的病,来得快,好得也快,不过几无的时间,医生就通知震震可以出院了。谁知震震竟然大叫起来:"不!不!我不出院!我要和妈妈在一起,我宁可天天打针吃药,也不愿离开妈妈。"

这天朱青拄着拐棍又去探望震震,当她轻轻地推开房门,眼前的情景令她目瞪口呆,只见宋平、爱芳和震震正抱头痛哭,沉浸在悲痛之中。

只听宋平边哭边说:"爱芳,我们还是把事情的真相告诉朱青,求她宽恕。这样下去,不是个办法呀。"

爱芳说:"不能啊,宋平,如果我们把假离婚的真相告诉她,她怎会受得了?"

宋平哀叹一声:"怪我们自作聪明,瞎搞一气,到现在,既害了自己,也害了朱青啊!"

看着眼前哭作一团的三个人,朱青的心碎了,她狠狠地咬住了嘴唇,默默地退了出来……

(倪国萍)

尖猴儿犯傻

文革期间,北兴镇机械厂有个叫侯效青的人。此人生就一副小脸,凹眼睛,尖腮,突颧骨,塌鼻梁,下巴上留了长长的小胡子,再加上他偏爱留着过耳的长发,猛一看,真像孙猴子,正巧他姓侯,于是人们就送给他一个绰号"小猴子"。

最近,小猴子当上了政工科副科长,真是春风得意,官运亨通!

这天,小猴子和当时厂革委会年轻的王主任出差去南方。他坐在靠窗的座位上,手托尖腮,想着自己从一个普通工人爬上副科长的位置,不由暗自高兴。

坐在他对面座位上的王主任,是个爱开玩笑的人,他见小猴子一副得意相,心想:我何不跟这个年龄比自己大、官职比自己小的猴哥开个玩笑？

于是,他就捅捅小猴子,一本正经地说:"猴哥,你这次出来放心嫂夫人么?她那么漂亮,你就忍心让她伴着青灯度夜?咱这一去得一两个月,保不准她找人作伴啊!"

小猴子一听,顿时猴急着说:"怎么?王主任你听见什么闲话啦?"

王主任一见他那认真的样子,就装作十分惊讶的样子说:"你真的不知道哇?咱厂里的人早都知道了,唉!这是真的,我还当你听说了呢!不说了,不说了,就算没这回事。"说完,又装作挺懊悔的样子挠挠头,再也不说话了。

这虽是一句玩笑话,可小猴子却当了真。他心想:怪不得我让她跟我来她不干呢,原来是又有人了。不行,我小猴子长得虽不怎么样,可你再漂亮也不能让我戴绿帽子呀!

小猴子越想越气,正好列车在一个车站停车了,他一把抓起旅行包就要下车。

这下可急坏了王主任,他连忙拉住小猴子说:"别别,我是跟你开句玩笑,你别当真啊!"

哪知不解释还好,越解释小猴子就越当真,越当真就越要下车。

王主任看实在留不住他,就由他去了。

不过,王主任一句玩笑话,偏偏真就说中了,小猴子的漂亮老婆纪红卫的确是一个不安分的女人,早就和本镇卫生所的大夫刘俊仁暗中来往,这次小猴子出差,真是天赐的良机。因此,小猴子前脚上车,纪红卫后脚就去了卫生所,刘俊仁一听,哪肯放过这样的好机会,当天夜里,就悄悄来到小猴子家,待他们各自得到满足之后,便疲惫地进入梦乡。

再说小猴子悄悄回到家里,轻轻打开了门上的暗锁,拉亮电灯一看,果然见到有个男人睡在自己床上。这一下,小猴子怒火中烧,冲上前双手狠狠卡住了刘俊仁的脖子。

纪红卫大惊失色,慌乱中竟抓起刘俊仁的衣服套上,急忙去拽小猴子。

小猴子一见纪红卫穿着野男人的衣服来扒自己的手,更加气上加气,手下更使劲了,等到累了撒开手,刘俊仁早已白眼上翻,呜呼哀哉了。

纪红卫看着刚才还跟自己同床共枕的情人,转眼间成为一具僵尸,又怕余怒未消的小猴子加害自己,就灵机一动,对小猴子说:"你把他弄死,你还想不想活了,你还要不要在厂里干了?"

小猴子听了这话,一下子猛醒过来:哎呀,这出了人命可咋办呢?

小猴子犯了傻。

纪红卫看着炕上的尸体,说:"这尸首咋处理?"

小猴子望望刘俊仁脖子上的手印子,猴眼一转,忙出外弄来一根粗绳子,把刘俊仁背出了家门。

小猴子背了尸体,走到一家院门前,听到里面传出吵架的声音,这猴子确也机灵,他立即又把自己原来的主意略加改变,使其内容更加丰富多彩。

且说这院子里的一对父子正吵个不休时,忽然听到院里鸡窝里的鸡"咯咯"叫个不停,隔窗一看,隐约看到有个人趴在鸡窝前,老头子气不打一处出,顺手拿起抵门棒,冲出屋,不问青红皂白,上去就是几棒子。

只听"扑通"一声,那人就倒下了,等这爷俩拉起那人,一看,坏了,这人怎么这样不抗打,就几棒子咋就背气了呢?

就在这爷俩吓得不知所措时,小猴子从矮墙外走进来,他边走边说:"刚才这一切我都看见了,你俩也太狠了,一个偷鸡贼,教训教训就行了,干吗打死他呢? 这可是要偿命的。"

这爷俩一听,吓得语无伦次地说:"我们也……也不是故意的,你……就……就高抬贵手,把这事压……压下吧!求求你了!"说着,老头竟给小猴子跪下了。

小猴子假装思忖了一会,说:"唉,我这人,就爱管闲事,这事呢,你不说,我不说,谁也不知道,你把尸体交给我,我给你处理掉,不过这可是担风险的……"

老头立即明白,急忙跑回屋,拿出一叠钱,塞给小猴子。

小猴子装腔作势推让一番,又背上刘俊仁的尸体,朝刘俊仁家里走去。

小猴子把尸体背到刘俊仁的家门前,假装刘俊仁喝醉的声音,猛敲着窗子道:"开门,开门,这么早就睡觉。"

刘俊仁的妻子耿平,对丈夫常常喝醉酒回来就有气,今儿见他更是变本加厉,不但这么晚回来,喝得声音都变了,她气呼呼地大声说:"你还有家吗?你能有喝酒的地方,还没睡觉的地方?这不是你的家!"

小猴子假装十分生气地说:"你给我少啰唆,快……快开门,再不开,我就不客气了。"

耿平一听,气更大:"好哇,你还有理哪?我偏不开,气死你,看你能咋的!"

小猴子装模作样地叹了口气,说:"不用你气,我自己去死,告诉你,我死了你可别哭。"

"你死,你死好了!死了,我连一个眼泪疙瘩都不掉。"说完就蒙上头自管睡了。

小猴子又敲了几下门,然后拿粗绳往刘俊仁脖子上一套,往门框上一吊,自个儿回家了。

第二天一早,耿平起床上厕所,她一开门,见门框上吊了一个人,吓得"哗"一松手,端在手里的尿盆掉在地上。她战战兢兢地看了一眼死者,顿时"哇"一声大哭起来,边哭边数落着:"妈呀!你怎么讲死就死了,不让喝非喝,醉到了这种程度!"

她这连哭带嚎声,惊动了左邻右舍,人们七手八脚帮忙解下刘俊仁的尸体。因为在那个年代,公检法都被砸烂了,刘俊仁这样子不就是自杀嘛,谁也不愿多管闲事,所以他很快就被送进火葬场烧了。

一晃几个月过去了。随着纪红卫的肚子渐渐的大起来,小猴子对她更好了,纪红卫的心里也安稳了许多。

这天纪红卫过生日,小猴子高高兴兴地打了酒,买了肉,又去把岳父大人请了来,让纪红卫炒了几个像样的菜,三个人一起喝酒、吃菜。

吃喝了一会,小猴子对妻子说:"红卫,你去烧壶水,一会好沏点茶。"

纪红卫去外屋烧水了,小猴子和岳父继续吃着、喝着、唠着。他怕酒凉了,又到外屋把烫酒的水换了一次。

这样不知不觉一瓶酒落肚,菜也吃得剩下不多了,还不见纪红卫回来,小猴子就大声喊着:"喂!红卫,你这水烧哪去了?"

喊了几声也没回声,小猴子就站起来,朝外屋走去。

他刚打开屋门,就一下惊叫起来:"红卫,你干啥呀?你……你怎么了?"

他岳父听了也摇晃着跑出来,只见小猴子两手抱着纪红卫的粗腰,刚把她从那又粗又大又高的水缸里拖出来。

老头子急忙跑过去,帮着小猴子把纪红卫抱到炕上,仰面放下。只见她头和上半身湿漉漉的,脸色青紫,双目紧闭。

小猴子急得不知东南西北,还是他岳父想起来:"快,快去找大夫。"

第二天,这个小镇上差不多人人都听说,小猴子的妻子因怀孕,登着凳子头朝下去水缸舀水,溺死在水缸里的事。

小猴子料理了妻子的后事以后,不管谁给他介绍对象,一概谢绝。直到过了很长时间,他和因为纪红卫偷情而被他掐死的刘俊仁的妻子耿平结婚了。

小猴子不要别人，单要耿平，是出于忏悔还是报复，只有他自己心里明白。

婚后的一天，小猴子在外面多喝了几杯，回家后躺在床上得意地吹着自己如何有办法、有能力，越吹越得意，就把自己如何捉奸的事，从头到尾说了一遍。

听了小猴子的话，耿平一阵没出声，小猴子碰了碰耿平："喂！你睡着了？怎么不吱声？"

耿平动了动身子，不在意地说了声："行了，行了，快睡吧，净胡说。"

第二天，小镇上的人们又传开一条新闻：前几年媳妇浸死在水缸里的小猴子，被抓进去了，是他的第二个老婆告发了他。

人们了解内情后，都感叹地说："真是纸里包不住火，雪里埋不住死孩子！小猴子那么'尖'，事隔多年，最后竟是他自己'犯了傻'，真是天报。"

（平　丽）

失踪的婴儿

　　磐石湾,四里八乡只有一所云山中学,为省脚力,孩子们读书吃住都在学校里,每逢星期天回家,平时放了晚学,就三三两两地去山冈上玩耍。

　　这天傍晚,初二班的阿喜和几个同学正在山冈上漫无目的地闲逛,忽然,阿喜指着丘下的一条山道惊呼:"快看,快看哪!那条狗叼着个娃儿呢。"

　　同学们顺着阿喜的手指看去,果见不远处有只壮实如虎的大黄狗,叼着个婴儿在拼命跑着。那婴儿的头耷拉着,手足拖在地上,晃悠晃悠,分明已是个死婴。

　　"呃嗬嗬,放下,放下!"大家七嘴八舌乱吼起来,可是那条大黄狗撒腿跑得更快了。

阿喜把手一挥："追！"

大黄狗毕竟是负重奔跑，它听到身后的吼声越来越近，被逼弃下死婴转过身来，皱起鼻子暴着牙，低声咆哮着。

同学们不敢靠近它，但已看清那个死婴的脸部早已腐烂不堪，两只小脚被拖得只剩下半截了，一阵山风吹来，让人闻到了一股恶腥味。

大黄狗见孩子们并不进攻，狡猾地衔起死婴转身便逃，转过山嘴，不见了。

星期天，阿喜回家，晚饭桌上，他把这件怪事讲给家人听。谁知话刚讲完，他妈丢下碗筷，拉着他就往门外跑，边跑边说："快把这事告诉你叔和婶娘听！"

阿喜的叔叔叫王来富，婶娘叫杨腊贞，她们的儿子出世才三个多月。那天，杨腊贞把小毛头放在门口的摇篮里，自己去灶上调米浆。前后不满五分钟，米浆调好端到门口，摇篮里的儿子不见了。她以为是村里人抱去玩的，然而问遍了全村，都说没见，急得王来富从田里赶回家，一把揪住妻子骂道："死人也能守得住棺材哩！"杨腊贞又气又急，几乎要去寻短见，幸亏被人劝住。可是，这山村里没狼没虎的，那小毛头莫非被外星人劫去了？

阿喜被拉到婶娘家，绘声绘色地把见到大黄狗叼死婴的事讲了一遍。

杨腊贞没听完，就号啕起来。

王来富也捶胸顿足地骂道："冤有头，债有主。那条大黄狗是谁家的？非要找到它主子算账不可！"

阿喜当下表示，回校后要同学们一起留心，一旦发现大黄狗就悄悄跟踪它，这样，就不难找到大黄狗的主人家。

没出一个月，阿喜兴冲冲回来报告："大黄狗找到啦。那天它又从冈下走过，我死命盯牢它，到了芦花荡，见它进了东首第二户人家的院子。"

王来富一听,忙不迭地对妻子说:"腊贞,事不宜迟,赶快上门去。"

杨腊贞定了定神,说:"芦花荡的周珍娣,我认识哩,是她为我家小毛头接生的,先去找她摸个底细,然后请她一同上门去,到时候还可作个证人。"

三人来到芦花荡,找到了周珍娣家,不料铁将军把门,打听左邻右舍,说是近来很少见到她人影儿。因为她是寡妇一个,家里没有其他人,所以锁着门也不怕饿死板凳。

说话间,阿喜无意间扭头,正瞥见那只大黄狗从村东那家的院子里蹿出来。他一拽叔叔的衣摆,急道:"喏,喏,就是它,就是它!"

王来富忙推过妻子说:"快,上门去。"

这时,大黄狗见三个陌生人向它家走来,吠着向主人传讯。不一刻,从院门里走出个年轻人来,怔怔地望着三位来者。

王来富强忍住怨恨问:"请问,这狗是你家的吧?"

年轻人点点头,示意三位有事进屋谈。坐定后,他自我介绍说:"我叫李根宝,靠山上的石头发了家,你们想来参观呢,还是来谈业务?"

王来富沉下脸,指着跟在主子脚边的大黄狗劈头就说:"你家这只狗把我的儿子拖去咬死了,你知道不?"

杨腊贞立时呜咽起来,抽抽搭搭地说:"我儿子出世才两三个月,就遭到这种祸害。"

阿喜也捏住双拳说:"我亲眼看见这狗叼着个死孩子的。为了找到你家,我花了不少功夫啦!"

刚开始,李根宝还有点纳闷,可是当听到阿喜说亲眼见这狗叼着个死孩子,心里反倒释然了。

他忙摆摆手,说:"我家这只狗,芦花荡人都唤它'黄狮',村里的人它都驯服,可是陌生人即使用肉丸子引诱它,它连瞧都不会瞧一眼。至于叼死孩子的事,一点不假,确有其事!"

接着,他讲了事情的原委。

原来,李根宝的妻子叫金翠花,夫妻俩因为承包采石场,成了磐石湾数得上的富户,只可恨阎王爷瞎了眼,婚后三年还没给他们投胎个儿子。金翠花去城里医院治疗一番后,肚里总算有了。今年夏天,小生命要出世了,幸好接生婆周珍娣就在村里,挣扎了大半夜,小宝贝落地了,胯下还翘着个小雀子,乐得李根宝什么似的。没料到乐极生悲,产妇大出血,火速送去了医院,经医生奋力抢救,虽说脱了险,但医生嘱咐,今生无法再生育。产妇住院那几天,襁褓里的小生命拜托周珍娣照料,可这娃儿出娘胎后一直不睁眼,没哭声,在金翠花出院回家后的第二天,竟抽搐了几下死了。

夫妻俩悲痛欲绝,对着死婴没完没了地哭。连灵性通人的黄狮,也陪着不吃不玩不睡。夫妻俩不忍心埋掉自己的骨肉,李根宝只得托周珍娣去把死婴埋了。

那天,黄狮见周珍娣把主子家的娃儿抱了去,便也跟在后面,远远地坐在一块山石上,瞅着她把死婴埋进了土里。可待她走远了,它便去用力扒开坟土,把死婴叼回来。几天里,埋了又叼,叼了再埋,叼尸几乎成了黄狮的怪癖,死婴的手足被拖得只剩下半截了。最后,李根宝设法把黄狮骗到了别处,让周珍娣将死婴偷偷埋在了较远的山石里,黄狮才无奈作罢。

很显然,阿喜和同学们那天傍晚见到的情景,就是黄狮在叼着主子家的死婴奔回家去。

李根宝把事情解释清楚后,说:"这事村里人都知道,他们可以为我作证。"

王来富夫妻俩茫然了,阿喜也无言以对。最后,三人只得快快地回去。

过了几天,金翠花去漕河码头上洗衣服,刚巧碰上了周珍娣,快嘴的金翠花忙不迭招呼说:"珍娣,前阵子哪去了? 有三个陌生人上门来找你,说是小王庄人,知道不?"

周珍娣一怔,慌着问:"谁呀?"

"当时只有根宝一人在家,我也没见那三人。他们没找到你,就上我家来了。你知道他们来干啥的? 唉,说出来也挺可怜哩!"

周珍娣好奇地问:"有啥可怜事,你快说说。"

"当初我家黄狮叼的那小嫩骨,小王庄的人看到了,说是他们的。唉,那家小宝贝也是个短命的。可真有这么巧的事,你说奇怪不?"

金翠花说罢,不料周珍娣却一言不发,木然地在码头上站了一会,把衣服草草洗完,心事重重地回家。

第二天晨熹初露,周珍娣锁上家门,悄悄地出了村……

再说那天王来富和杨腊贞去李根宝家里,碰了一鼻子晦气回来后,苦苦闷闷了好几天。特别是杨腊贞,每天少不了要落几次泪。

王来富半嗔半劝道:"阎王爷注定我们没儿子,愁断了肠也无用呀。"

杨腊贞执意说:"我看那黄狮叼的肯定是我家小毛头。那天我们去李根宝家,听起来他话说得直直落落的,可是我见到他家堂屋的长柜上还放着个奶瓶子,里面还存着半瓶子奶哩。当时我脑子没转过弯来,现在想想,他家孩子既然埋都埋了,咋还要冲奶? 难道他家生的是双胞胎?"

这一提,把王来富也提醒了,忙一拍大腿说:"对了,我也想起来了! 那天出门时,我在他家院子里一头碰在了晾在当院的尿布上,当时我还触景生情,心里酸楚楚的。莫非这里面会有什么名堂?"

杨腊贞听到丈夫也这么说,心儿荡了起来,泪珠子又"扑簌簌"落了下来,说:"来富,芦花荡又不离我们十万八千里,无论如何还得再上一次门,不到黄河心不死呀。"

当下,王来富夫妇决定再次去芦花荡。路上,两口子商量好,这次去矢口不提婴儿的事,只是去谈采石业务,趁机探个底细,再作道理。

李根宝见王来富夫妇又上门来,刚开始有点纳闷,听说是关于业务的事,也就没了半点戒心,热情地倒茶相待。

正在堂屋里谈得起劲时,金翠花从楼梯上一步步挨下来,边下楼边嗔她丈夫:"根宝,接到什么大主顾啦?谈得没完没了,还不快去为孩子冲奶瓶!"

说着,她抱着个婴儿来到了堂屋里。

杨腊贞假装不经心地走近金翠花去引逗孩子,突然,她睁起乌溜溜的眼珠子惊叫起来:"来富,来富,你快来看,这娃儿不就是我家的小毛头吗?"

金翠花赶快抱紧孩子骂道:"你这泼婆咋像疯狗一般呀?当心捞把粪渣堵你嘴!"

杨腊贞反驳道:"我家小毛头左耳下半截是黑色的,村里人还打趣说是猪投胎。还有,他左脚有六个趾头,如果不是,脱下鞋来查!"

王来富哭丧着脸说:"老兄,这是癞痢头上的跳蚤明摆着的事,这肯定是我家小毛头,鬼使神差怎么会落到你们家来了?"

李根宝一跺脚,气呼呼地说:"打开天窗说亮话。这娃儿是我花了两万块钱,托我们村周珍娣去买来的。你要抱回孩子,难道我的钱白白丢到江河里去吗?"

王来富一听,惊愕地说:"唷,原来是周珍娣为你干的好事?我家小毛头就是她接生的哩!难道我家小毛头是被她偷去给了你们的?反正她就住在你们芦花荡,现在我们一同去把她找来,三对六面说个清!"

然而,周珍娣的大门上挂着把大铁锁,烟囱有好几天不见冒烟了。

芦花荡的人都知道,李根宝现在手里的娃儿,是周珍娣抱回来的,但不知道花了两万块巨款,现在有人追上门来,都七嘴八舌议论纷纷,大家众口一词,说这笔巨款要追回也难,恐怕已落进别人腰包里去了。

众心是杆秤。李根宝觉得众人的话说得很有道理,忙把王来富又拉回自家堂屋里,忧心忡忡地说:"老兄,刚才村里人的议论提醒我了,事情严重哩!"

杨腊贞在一旁不耐烦地说:"首先,你们承认是我家的小毛头吗?如果承认了,别啰唆,让我们抱回去,其他事与我们无关!"

"怎能无关呢?"李根宝焦急地说,"城里有个汽车驾驶员,人称'小白脸',常来磐石湾运石子,车子一停,先进赌窝,结果亏了两万块钱赌债。他与周珍娣搭上后,答应与城里的妻子离婚,再娶周珍娣,这事村里人都在传说。显然,他们借我买婴儿的机会,偷了你们的娃儿,骗了我的钱去还赌债了,这能说无关吗?"

王来富一听,恍然大悟地说:"对了,对了!小毛头失踪那天,我在地里种菜,远远看见有辆汽车,在我家屋旁的公路上停了三五分钟。"

说话间,金翠花悄悄抱着小毛头躲进楼上房间去了。

杨腊贞一扭头不见孩子,火急急追上楼去,但房门已紧锁。她只得在房外又哭又嚷:"你们别丧尽天良,把孩子还我,还我!"

李根宝已领会到事情的严重性了,他毕竟是个生意人,处事要老练些。他把王来富叫到后厢屋,压低嗓门说:"我们两家素昧平生,相隔几十里山地,但同住在一个磐石湾,也算人不亲地亲,出了这种事,该平心气和商量着办。弄不好触犯了法律,倒霉的当然是我,可是到时候我破罐子破摔,你也别想沾光,所以还是私了为好。现在这样,你留个地址给我,带着老婆先回去,让我去找接我两万块钱的人,把事情来龙去脉弄个清楚。钱讨回手后,我和我老婆亲自把娃儿送上你门来,也算人生路上有缘分,往后我俩索性攀个寄亲,你看如何?"

王来富愁眉苦脸地问:"要多少天才给我下落?"

"不出五天。反正我也不会抱着娃儿抛了这个家逃走!"

王来富见李根宝确无半点虚情假意,沉思了片刻,无奈只得答应了,只是杨腊贞在楼上死命不肯下来,一定要掀开房门去夺回孩子,被半哄半拉了一阵,才用手帕捂着脸面,抽抽搭搭地跟着回家了。

王来富夫妇走后,李根宝想,这丑婆娘周珍娣,竟然敢兔子吃起了窝边草,而且断定这两万块钱已落进小白脸手中去了。怪不得那阵子买婴儿时,小白脸多次来周珍娣家里,这阵子又不见他影踪了,连周珍娣也总是锁着门难见魂儿。现在第一要做的是找到周珍娣,再作道理!

第二天一大早,李根宝骑上自行车,带着他的黄狮,去各村打听周珍娣。

然而,两天过去了,毫无音讯。

第三天,李根宝扩大了寻找范围,赶了一天路程,仍无收获。

日头偏西时,他正愁眉不展地带着黄狮准备回家,冷不防遇上一辆满载石子的汽车,从狭窄的盘冈公路上疾驶而过。李根宝连忙偏车躲避,可等他扶正自行车把,一扭头,却不见了他的黄狮。

他抬眼一看,只见黄狮正向一个荒僻的地方奔去!那面,有几只山鹰在低处盘旋着,与地面上一只狗在决斗,黄狮箭一般往那儿蹿去,竟然主子连声唤它也不理睬。

黄狮奔到那里,山鹰不战而退,飞向冈那面不见了,那狗本想与黄狮撕咬,可是不经一战就逃走了。

　　照理,此刻黄狮应该凯旋而归,然而它却在不停地扒一个乱石堆,扒一会,就朝石堆狂吠几声。

　　李根宝纳闷:莫非石堆里藏着什么东西? 就骑上自行车赶去,遇上不能骑车的路就推,骑骑推推,来到了黄狮身边。果见乱石堆里黑乎乎的,扒开一看,不禁大惊失色,里面埋着个死人,从那尖嘴猴腮暴牙的相貌上看,一眼认定这是周珍娣!

　　原来,那天周珍娣从金翠花那里得知,王来富夫妇找上门来寻儿子,自知此事即将败露,内心恐慌得很。她找到了小白脸,他俩怎么也猜不透,几十里外的王家咋会找到芦花荡来。

　　小白脸也无计可施,周珍娣则喋喋不休地逼他要早日完婚,带她远走高飞,否则就去法院告他是偷婴儿的主谋,诈骗人家两万块钱。于是小白脸顿起杀心,事后,便将周珍娣的尸首埋在了乱石冈上。

　　他压根没想到,尸首又被黄狮无意间发现了。

　　李根宝带着黄狮丧魂落魄地赶回了家。

　　妻子见他神情不定,以为是三天里没见着人才急成这个样子,便安慰说:“钱没讨回来,劈开我头也不会归还孩子。天塌下来我顶,怕啥!”

　　李根宝一把扣上门,道:“周珍娣被人杀死啦,叫咱黄狮给找着了。”

　　金翠花吓了一跳:“真的,这怎么办? 出了人命了。”她见丈夫不言语,又道,“快去报案吧。”

　　李根宝道:“不行,一报案,这事情弄清楚了,虽然和我们没关系,但这孩子肯定会判给王家,我们的钱可就白丢了。”

　　金翠花觉得言之有理。

　　李根宝道:“我敢打赌,周珍娣是小白脸杀的。我得赶快找着小白脸,这要是叫公安把案破了,这钱就完了。”

　　“那王家那边……”

"能拖就拖，目前也只能这么办了。"

第二天，李根宝又带着黄狮出门去了。

李根宝刚出门，王来富和杨腊贞来了，金翠花见他俩进门来，火急急抱起孩子，向楼上房间逃去。

杨腊贞也急匆匆追上去，结果房门还是"嘣"地关上了。她在房门外哭着、嚷着。

王来富也在房门外骂道："你们耍什么手段？那天说的比唱的还好听！今天已第五天了，咋还不放孩子？叫你男人出来见见面，别躲躲闪闪的！"

金翠花躲在里屋，一口咬定要等自己老公回来门才能开。于是屋里屋外僵持住了。

从晌午到中午，又从中午到太阳落山，李根宝连影儿也没见，里屋的一瓶奶早吃完了，孩子饿得哇哇哭。孩子一哭，两个母亲都赔着哭。孩子要紧，杨腊贞从窗口往里递奶瓶。

等哄好喂饱孩子，李根宝仍没回家，王来富又气又急，就差没动手砸门了，他朝里屋吼道："你老公不回来，我们就住下不走了！"

天黑了，孩子在金翠花怀里睡着了。金翠花不敢睡，生怕外屋的人破门进来夺孩子，屋外的王来富和杨腊贞也不敢睡，生怕金翠花偷偷开门溜出去。

时间就这样"滴答滴答"地过去了，王来富在外屋和杨腊贞低声商量，这样等下去也不是个办法，索性把门砸开，夺下孩子，一走了之。杨腊贞则担心，这样做把金翠花惹急了，磕碰了孩子咋办？而且，现在人在别人村里，闹起来对自己也不利。小夫妻俩一时想不出个好办法。

第二天天刚亮，相持战又开始了。

这时，门外走进两位公安。直到此时，屋里屋外的人才知道，李根宝此时正在县医院的急救室里抢救！

金翠花听罢,人就软了下去,杨腊贞趁机上前抢下了孩子。

原来,李根宝找到小白脸后,说明了来意。小白脸假意应允,实则一不做二不休,杀一个是杀,杀两个也是杀。幸亏黄狮不离主人半步,才使得李根宝没被当场砍死。小白脸因被黄狮咬伤,也于当天晚上被捕获。

事情至此,一场围绕婴儿的风波才算结束。

一个月后,李根宝出院了。

出院那天,王来富夫妇也去了医院。李根宝羞愧地低下头,说:"都怪我是法盲,为了私了,差点把自己的命都赔上了。"

(陆柏树)

徐老六为了给儿子操办婚事,把那头独角牛卖了一千一百二十五元五角二分!咋还那么多零头?徐老六讨价还价争来的呗!

回到家里,天已经黑了,徐老六想起老伴到姑娘家串门去了,儿子进城干瓦工活,不会回来,于是自个草草扒口饭便独自躺倒在炕上。

躺了半天,徐老六怎么也睡不着。咋的?他从来没握过这么多钱,总觉得这些钱要找个地方藏起来。于是,他又爬起来,把钱塞进了一只带有补丁的破袜子里。袜子放哪好?放炕席底下,怕被烙糊了;塞墙窟窿里,又怕被耗子咬了。猛地想到有把椅子夹板活动了,便把钱塞进了那把椅子的夹板里。

徐老六刚要入睡，迷迷糊糊地觉得墙头上闪过一个人影，隐约还听到墙头落土的"哗啦"声。他一个激灵坐起来，下了地，凑到窗旁，就听有个压低了的声音："爷们，是我……"

徐老六吓了一大跳，本能地从窗台上抓起了个空酒瓶子，按下电灯开关，这才看清站在自己面前的是上堡子的刘贵。

徐老六知道刘贵是当地有名的地癞子，所以冷冷地问："黑灯瞎火的，你来干什么？"

"爷们，都说你这个大善人是菩萨心，快救救我吧，公安局要抓我……"刘贵说着竟"扑通"给徐老六跪下了。

徐老六见来人是求助于他的，这才把那颗悬着的心放到了实处，扶起刘贵追问道："到底是怎么回事？"

刘贵声音更动听了："爷们，我是你摸着脑袋长大的本分人，只是有时也好发个贱。前天陡岗子孙罗锅家的狗下了几个崽子，不少人都想讨弄，我看挺水灵的，就抱了两条，你说这算个啥呀？"

徐老六哪里肯信，这不扯王八犊子吗？要真是那么回事，公安人员也不会动这么大阵式，把他吓成这个德性。"我说刘贵呀，你别闭眼瞎说了……"

"嘻嘻……我临走时还顺手牵了他家一头驴。"

"那也对不上笼头！你肯定还有别的事！"

这时候外面隐约传来脚步声和说话声，吓得刘贵又给老爷子跪下了："爷们，不看僧面看佛面，看在我爹我妈的分上，你就忍心让你大侄去蹲班房？"

"那你到底是怎么回事？"

"爷们，这事三言两语说不清，待会我给你写个书面交代吧！"

"我说刘贵呀，你也二十四五了，不是偷摸就是打斗，你对得起你父母辛辛苦苦养育你吗？"

"对不起！对不起！"

"就你这个样还能娶上媳妇吗？"

"娶不上！娶不上……"

"你……"

"哎呀，我说爷们啊，改日我再来听你的指示不行吗？你可得伸手拉我一把啊。"

说实话徐老六和刘贵他爹的感情还是很深的。别的不说，就说添独角牛的那年吧，节骨眼上母牛难产，要不是刘贵他爹给出了个十分有效的偏方，又陪伴了半宿，两头牛一头也甭想活下来。每逢想起这件事，徐老六总觉得欠刘家很大的人情。如今牛卖了，钱揣进自己腰包了，可不能忘了人家的好处。想到这里，徐老六打开立柜门，说声："进去吧！"刘贵麻溜地钻进了立柜。

徐老六把刘贵安顿好，"咚咚咚……"有人敲门。徐老六开了门，进来的是村治保主任和两位公安干警。主任一见面就问："六叔，刘贵又做妖妖了！这不，把公安部门都惊动了……跑没跑你这儿来？"

徐老六从未撒过谎，今天破天荒地耍把戏，紧张得嗓子眼都发干，也不知"没呀"这两个字是怎么挤出来的。

两位公安干警在屋里屋外转了转，没发现什么破绽。村治保主任在一边解释："这老爷子可不是那种惹是生非、撒谎撩屁的人，咱们还是到别处去看看吧！"民警点点头，临走时又对徐老六说："刘贵盗窃国家文物，畏罪潜逃，如果发现他的踪迹，要尽早报案。"

刘贵见他们走了，从立柜里晃了出来，神情不像刚才那么沮丧了："行，爷们够意思！大佬我有出人头地那天，说什么也让你跟我享受享受。"

"行了，你少惹点祸比什么都强。"

刘贵说他一天没吃东西了,要徐老六给他弄点吃的,徐老六到伙房给他端了些饭菜,刘贵便狼吞虎咽地猛吃起来。

趁着刘贵喘息的机会,徐老六问:"刚才那个大盖帽说你盗窃国家文物,啥叫文物?"

刘贵把嘴一抹:"老爷子,我就和你实说了吧!"说着,放下筷子,从兜里掏出个金光闪闪的东西,"识货吗? 这是早年皇上他舅子的官印。这可不是一般的东西! 要是把它弄到国外,换一座城没问题……行了,不说了,再多说你就糊涂了!"吃饱喝足,刘贵双手一拱,推开了门,一晃就没影了。

第二天天亮,徐老六正在喂猪,打远处开来一辆带有红灯罩的三轮摩托车。不一会,这辆车就停在他家门前,车上下来一位民警,通知他去乡派出所。徐老六心里"咯噔"一下,有点毛神了:坏了,是不是昨天夜里的事犯乎了?

徐老六怀着忐忑不安的心情随民警去了乡派出所。接待他的是位老所长,屋里还有不少人,村治保主任和昨天去他家的那两位民警也在场。

老所长很和气,给他倒了杯水,像唠家常似的对他说:"昨天我们的同志去你家执行任务,打扰你休息了吧?"

老所长这温和的神态使徐老六镇定下来:看来他们不摸底,我得沉住气,别骡子放屁自己把自己吓惊了。于是打着哈哈说:"噢,没啥……上岁数人,觉少。"

"刘贵昨天猫在你那,你还给预备了夜餐,是不是? 老所长突然问。

这话就好像是炸雷,当时就把徐老六给炸瘫了,一句话也说不出来。老所长仍然很温和地说:"对坏人的仁慈就是对好人的残忍,对通缉的案犯知情不举,甚至隐藏包庇,同样也是犯罪,你懂吗?"

徐老六浑身发抖,可他还想蒙混过去,有气无力地说:"你们别诬陷好人,我可没藏过刘贵……"

老所长脸色严肃起来,他起身来到保险柜前,打开柜门,拿出一件东西,往桌子上一扔:"这么说,这东西不是你的喽?"

徐老六往桌子上一看,就觉得脑袋"嗡"地一下,脑门上也见了汗珠。

什么东西? 袜子,装有卖牛钱的那只袜子,袜子腰上露出一叠大票子。徐老六懵了:"这不是我的卖牛钱吗? 怎么跑到这儿来了?"

"怎么,你没整明白?"老所长朝外一挥手,"带进来!"又朝徐老六说:"那你就好好地听一听吧。"

门外由民警带进一个人。谁? 刘贵,手上戴着铐子。

老所长带着讥讽的口气对刘贵说:"刘贵啊,徐老六家的钱怎么到这儿来了,你给说说吧。"

"我……"刘贵一副狼狈相,有气无力地说。"我、我到他家避难时,见他正往椅子里藏钱,后来……后来我就趁他给我端饭时,就……再后来我就被铐上了……再后来,我和这钱就被一块押这来了……"

徐老六听到这里,气得差点背过气去。他像只豹子似的扑向刘贵,揪住了他的衣领:"你这个遭雷轰的畜生! 我今天非把你拍扁了不可!"说着就动起手来。

老所长过来给拦住了,他一挥手,让人将刘贵带下去,然后又拿出一张认领单,让徐老六在上面签字。

徐老六的泪水流了下来,他哽咽着连连说:"同志,我错了,我包庇了坏人,我应该受罚啊……"

　　　　　　　　　　　　　　　　　　　　（文需众）

真假老板娘

控江门外挨近江边码头的十字路口,有爿"江花酒家",楼下餐厅专卖酒菜,楼上空两间客房,兼营旅舍。虽说旅舍生意不怎么样,隔三差五才能住上几位客人,但餐厅生意却十分兴隆。所以,楼上楼下真有点"日出日落都红胜火"的味儿。

江花酒家的老板,名叫迟厚发,是位个体大款,此君不赌钱不酗酒,就是有点好色。他老婆外号"水灵葱",尽管徐娘半老,却也风姿绰约,而且醋劲特别大,对丈夫管束甚严。

这天,水灵葱在常州的父亲过七十华诞,酒家不能少人,于是水灵葱做代表,一大早就登车去为老爸送寿礼。

水灵葱一走,迟老板浑身轻松,总算捞着了跟店里几个标致的女招待打情骂俏的机会。无奈那些女招待畏水灵葱如虎,不敢搭理他,迟老板自讨没趣。

当晚约摸十点多钟,餐厅正要打烊,忽然走进一位三十出头的摩登女郎,高挑身材,披肩长发,穿一件高领真丝绣花旗袍,长统丝袜裹住浑圆的大腿。

女招待急着要回家,礼貌地对女郎说:"对不起,我们打烊了。"

"啊——"女郎有点扫兴,转身欲走。

可迟老板早已心荡神迷,哪肯放走这天仙般的美人,跨前一步招呼道:"请坐,请坐,顾客如上帝,怎能拒之门外。"

他转身对女招待说:"这样吧,你们做了一天也辛苦了,你们都回去,我去给这位小姐炒几个菜。"

迟老板的用意谁看不出来?只是不想去管这种闲事罢了,于是大家顺水推舟全离开了酒家。

迟老板显得兴奋不已,扎起围裙,开口问:"小姐,想吃什么?"

摩登女郎莞尔一笑:"老板,你的服务态度令我好感动。吃的可以随便些,拣现成的端两样就行。今晚,我想在贵店住宿,不知有没有房间?"

"房间?有,有!"迟老板心里更乐:本来只想跟她聊聊,吃吃"豆腐",解解寂寞,没料到她还要住店,我要尝尝"鲜"啰!

迟老板乐滋滋地把女郎领到二楼,打开迎街的一间客房。

女郎站在窗口,街面景色一览无余,她连声称赞:"这个房间好。老板,那就麻烦你把饭菜送到房间里来。"

饭菜端上来以后,迟老板仍然赖着不走。

女郎又莞尔一笑:"老板,你去休息吧,不然,尊夫人可要吃醋了。"

迟老板干脆一屁股坐了下来,点燃一支"万宝路",讪笑着说:"我那只醋罐子回常州娘家去喽,今晚不会回来。横竖睡不着,陪小姐聊聊天,有什么吩咐,也好随时侍候。"

"哦!是这样。"摩登女郎也来了兴致,"那好吧,我想你店里一定藏有好酒,不如拿一瓶来,我陪你喝两杯,怎么样?"

这真是簸箕掉了底——耙(巴)不得呢!迟老板连声答应:"我的房间就在你对门,房里有五粮液、董酒、人头马……"蓦然醒悟人家是女士,肯定不喜欢烈性酒,忙改口说:"还有香槟,真正的法国香槟,你一定喜欢!"

没承想摩登女郎摇头道:"香槟没劲,来瓶人头马吧,我还没尝过洋酒滋味哩!"

迟老板一听,欢喜得屁颠颠地打开房门,按亮电灯,取来洋酒,还带来两只高脚酒杯。

琥珀色的酒液注在亮晶晶的玻璃杯里,迟老板正搜肠刮肚想找句什么祝酒词,突然楼下"嘭嘭嘭"传来一阵敲门声。

迟老板心里一惊:难道该死的婆娘不早不晚偏偏这会儿赶回来了?他要紧冲到窗口向下望,只见马路边停着一辆警车,几个警察正在敲他的门。

发生什么事了?迟老板匆匆下楼,方才知道远郊蒙山监狱逃走一个持枪劫财杀人的"小光头",警方正在追捕。今晚全市旅馆普查,警察是来查房的。

迟老板领着两个警察上楼,来到摩登女郎住的房门口,只见门已经上了锁,敲敲,里面无人应声。迟老板心里疑惑,用钥匙打开门一看,室内空无一人,酒菜等物也全无踪影,只有一盏电灯亮着。

人呢?

自己住的房间里忽然传来一个女人的声音:"谁呀?半夜三更也不让睡觉!"

迟老板推开自己的房门,只见那女郎坐在床上,瀑布般的长发遮住了半个脸,一床毛巾被盖住全身。

警察问:"你是谁?"

"哟,笑话,我是谁? 让我男人告诉你我是谁吧!"

警察转眼盯着迟老板,迟老板吞吞吐吐回答:"她……她是我老婆!"他心里话:这婊子怎么忽然睡到我床上来了? 唉,不承认是老婆,又怎么解释得清楚。

警察可不放过他:"你刚才开门的时候不是说有个女客吗? 人呢?"

迟老板瞥了女郎一眼:"她……她……"语无伦次说不上话来。

"她什么呀,"时髦女郎白了迟老板一眼,"人家不是告诉你她去看电影了么。你睡迷糊了咋的?"

迟老板猛然醒悟:"啊,对,她是去看电影了。大华电影院,十一点的小夜市。"

女郎又补充说:"她只交了二十块钱押金,住宿登记簿都没来得及填,就急匆匆去电影院了!"

警察摇摇头,说:"等她回来,你们务必叫她出示身份证,按规定应该登记了以后才能住宿。"

等迟老板送走警察,锁好店门,再返回自己房间,那女郎已穿戴整齐,摆出酒菜,正自斟自饮哩!

迟老板心里发毛:这娘们到底是哪路货色? 他没心思喝酒。

时髦女郎好像看透了他的心思,举起酒杯说:"我是干什么买卖的,你还瞧不出来? 虽然你情我愿,可叫'雷子'识破,你还不身败名裂? 这些雷子究竟来干什么呀?"

迟老板恍然大悟:这女郎原来是只有经验的"野鸡"。他心里稍微安定了一些,呷了一口酒,便把警察追捕杀人犯的事讲给她听。他心有余悸地说:"幸亏他们不认识我老婆,否则,准他妈露馅。"

迟老板一口把杯中酒喝干,推开酒杯,说:"我们就赶快干自己的事吧!"边嚷边就张开双臂朝女郎扑了过来。

女郎一闪,说:"你别猴急,我的价码不低,先把钱掏出来让我瞧瞧。"

迟老板一听,从T恤衫口袋里掏出钞票掼在桌上,起码也有三四百元。

女郎摇摇头:"你当我是草鸡呀!"

迟老板欲火中烧,索性一不做二不休,转身打开保险柜,从里面拿出一叠钞票,足有六七百块:"这该够了吧?"

谁知女郎还不满足,一把拽住迟老板的膀子,伸手从保险柜里取出一只匣子,那里面有五千元现金,还有项链、手镯、国库券、存折。

那女郎对存折不感兴趣,她把其余的东西全装进自己半圆形真皮坤包,又从怀里掏出一样东西,突然脸色一变,厉声道:"听着,你现在替我把那瓶酒全喝干,要是不醉,你就再喝一瓶!"

"啊——"迟老板一激灵,方才看清那女郎手里正握着一支手枪。

迟老板吓得冷汗直冒,结结巴巴地问:"你……究竟是……什么人?"

女郎冷森森地说:"别管我是谁,快喝酒!你喝醉了,我也好安心睡一觉。你这叫善有善报,要不是今晚你'招待'我不错,我早让你见阎王去了!"

迟老板无奈,只好抓起酒瓶往杯里倒酒。

那女郎伸手一把夺过酒瓶,命令道:"张开嘴!"一歪瓶子,那琥珀色的液体"咕咚咕咚"直往迟老板口中灌。

迟老板呛得受不了,"呃呃呃"直摇手,女郎仍不罢休。照这样子,不醉死也得呛死。

正当危急时刻,房门突然被推开,一个女人冲进房来,对准迟老板一个耳光,口里骂道:"你干的好事,我才出门一天,就敢招引骚婊子来家。"

女郎听得明白,原来是真的老板娘回来了,怪不得大门房门全锁着,她能冲进房间,她是有钥匙的。女郎侧身坐在床沿上,细细端详这位正宗老板娘。

此时迟老板已被灌得醉眼昏花,可他尚未烂醉到认不出自己的老婆,定睛一看,这女人也不是水灵葱,根本不认识。他心里直纳闷:今晚我交了什么倒霉的桃花运?刚才时髦女郎冒充我老婆,哄走警察就拿手枪对准我;这会儿不知从哪儿又冒出一个女人来假冒我老婆,她想干什么?迟老板吓得全身汗毛倒竖,张口结舌地说:"不……你不……"

"捉奸拿双,你还不什么!"那女人一拨拉,就把迟老板拨拉到椅子上,张口说不出话来,好像酒劲往上冲,头一低,就趴在桌子上睡着了。

女人绕过迟老板,又直扑那女郎,口里骂道:"不要脸的骚货,老娘跟你拼了!"伸手就揪她的长发。

谁知这一揪,那女郎瀑布般的长发竟整蓬儿到了她手中,女郎露出一个刚冒发茬的光头来。

女人大惊:"你……"

光头奸笑着说:"我是男人,你吃哪门子醋。"他边说边解开高高的旗袍领子,又拿掉撑着胀鼓鼓的乳罩,淫笑着说:"你嫁了这么一个朝三暮四的男人,有什么意思,你还不如跟我呐!来,咱们坐下好好谈谈!"

光头朝女人招招手,女人似乎这才发现男扮女装的光头手里握着一支手枪,她抖抖索索地问:"你手上……我害怕!"

光头阴笑笑:"这有啥好怕的!"他大约觉得没有枪,对付这女人绰绰有余,就大度地把枪塞到枕头下面,拍拍手说:"不要怕喽,来吧!"

女人像只小绵羊,畏畏缩缩向前挪两小步,光头按捺不住,伸手抓住她两个肩头,企图把她提到床上。

岂知这女人好像会使千斤砣,硬是让他提不起来。待到光头反应过来,暗叫不好,那女人攒足劲的一只小拳头已经猛地捣到他的肝部。拳头虽小,力道奇大,他只觉得疼痛难熬,浑身酸软。那女人趁势弯腰抓住他的两条小腿,猛一抬身,从头顶把他摔过桌面,掼倒在房门口。

女人的全套动作干净迅疾,显见是个训练有素的高手。还没容光头缓过气来,这时候,从门外冲进来两名警察,"咔嚓"就把光头的手给铐上了。原来这家伙正是警方追捕的监狱逃犯。

迟老板还趴在桌子上昏昏欲睡,那女人走过去,在他胸口揉搓几下,迟老板慢慢苏醒过来。其实,先前女人那一拨拉,正捣在他的昏睡穴上,现在被解开了。

迟老板睁开双眼,对眼前的一切迷惑不解。正想发问,忽见警察从房门外又叫进一个女人来,迟老板抬眼一看,一阵羞愧尴尬,恨不得把脑袋夹进裤裆——谁呀,真正的老板娘水灵葱回来了。

这是怎么回事?

原来,刚才来查房的两名警察实际上是经验丰富的侦察员,迟老板和床上女人的支吾表情引起他们的怀疑,职业的警觉使他感到自己追寻的猎物似乎就藏在这个酒家里。考虑到凶手有枪,他们没有轻举妄动,警车开到另一个地方隐蔽以后,他们又折回来悄悄包围了酒家。

正巧此时,水灵葱不放心自己的男人,坐夜车从常州赶回来,正要开门,警察悄悄上前一盘问,才知道这是正宗的老板娘。蹊跷的事情有了答案,床上女人起码也是卖淫的暗娼,从她拿腔捏调的语气分析,问题恐怕未必如此简单。

于是他们做了水灵葱的工作,随后开了店门,走上楼去,从锁孔往里一看,乖乖,那女郎正握着手枪顶住迟老板的后脑勺哩!

　　事情十分清楚,这女郎正是男扮女装的在逃犯小光头。此刻贸然往里一冲,人质性命还不全完?跟着同来的女警贺红梅本是闻名全城的警花,全省女警擒拿格斗获一号种子选手称号,她不仅艺高人胆大,脑子也特别好使,所以大眼睛三眨两眨,就想出了这么个以假乱真的绝招来。

　　小光头交代,他本来真的不打算杀死迟老板,只想把他灌醉,自己高枕无忧睡一觉,留个不解之谜让他讲给警察听。因为他说不出破绽,一定还坚信自己是个时髦女郎,这样,警察就又多了一件侦察女骗子的案件,多少可以分散警方的精力。后来,待到装成老板娘的贺红梅出现,他贪财又贪色,就改变了主意,预备强暴"老板娘"以后,把他们夫妻双双杀死,再制造假现场,同样可以留给警方一个扑朔迷离的凶杀大案,自己更容易逃之夭夭。

　　水灵葱听到这儿,吓得脸色煞白,用手指一戳迟老板的脑门:"听清了吧,死鬼!'色'字头上一把刀啊!"又一指警察们,"多亏他们救命,要不然,这会儿我俩都到阴曹地府了!还不快谢谢人家救命之恩!"

　　迟老板慌得不知该怎么谢,趴在地上"咚咚咚"磕起头来。

　　　　　　　　　　　　　　　　　　　　　　(周振亚)

弄权枉法

任何无限制的权力,不可能是合法的,因为这权力没有合法的根源。

权力的烦恼

每年高考结束的时候,市教委主任何文岫家中总是宾客如云,来打听分数的,托人情找关系的,还有送礼的……搅得她终日不得安宁。为此,她只好三十六计走为上,躲到她小姑家去。

这天,一位大款提着沉重的大提包按响了门铃。开门后,何文岫看着这人觉得似乎在哪见过,但一时又想不起来,于是便问道:"你是……""妈,您不认识我了? 我是邱要武,您的女婿呀。"

一听是女婿邱要武,何文岫就像吃进了苍蝇一样心烦。但她还是镇定了一下情绪,问道:"你来找我干什么?"

"妈,我不说您大概也能猜着吧,您的外孙小刚高考落榜了,只差两分。唉! 真把人急死了! 妈,您是教委主任,我想求您给关照一下,能不能给小刚想想办法?"邱要武满脸堆笑地掏出"红塔山"，递过去，"啪"地点燃了气体打火机，"妈您来一支……"

"谢谢，我不会抽。我说这事难办，最低分数线是上面统一规定的，任何人不能违反，别说是差两分，就是差半分也不行！"

邱要武一听，差点没把鼻子气歪，可他不敢发作，忍气吞声地解释道："妈，您不知道，小刚没考好，都快急疯了，连饭也不吃，我们都担心他会寻短见呢！这不，我来求您，他妈在家守着他。唉，万一出个事，我和他妈都活不了了……"邱要武说着，蹲在地上抹起了眼泪。

"不要用自杀来威胁我，自杀是最没出息的举动。告诉你，低于分数线的学生，一个也不能开后门！你走吧，我要休息了。"何文岫下了逐客令。

"好！"邱要武狠狠地掐灭了半截烟头，一脸的麻肉横了起来，"啪"从包里取出一万元钱，说，"何主任，就算你今天六亲不认，但这些钱你愿意眼睁睁地看着我提走不成？别忘了，我如今是腰缠万贯的大款了，只要你丈母娘肯帮个忙，今后你吃香的，喝辣的……"

"住嘴！"何文岫拍桌子打断了邱要武的话，"我没闺女，哪来的女婿？我们之间早就了结了。请你出去！"

邱要武的脸一阵红、一阵白，破口大骂道："哼，别给脸不要！不就是个主任吗？摆什么臭架子？离了你这臭鸡蛋还不做草籽糕了？哼，老子有的是钱，高兴了我带小刚到美国、日本留洋呢！"

邱要武走后没几天，检察院就来人调查教委主任何文岫收受万元贿赂的案子。更可气的是，邱要武还花钱雇了一部分人在群众中大造舆论，一时间弄得满城风雨，沸沸扬扬。

提起邱要武，那还得从1966年说起。当年他是红得发紫的造反头头，是他挑唆何文岫的女儿李晓波起来造她亲身父亲的反，结果何文岫的丈夫被批斗致死，晓波走出家门，与母亲彻底断绝了母女关系，从此不再来往。后来晓波与邱要武结了婚，领着他回家认亲，何文岫硬是咬着牙不认这门亲。她为了忘掉这一切，拼命地工作，把所有的爱心全部奉献给了她所热爱的教育事业。

事情过去那么多年了，何文岫也想通了，她期盼着有朝一日晓波能回到自己的身边，但她始终无法接受邱要武这个女婿，特别是刚才那场"交锋"，令何文岫痛断心肠，再次中断了母女相认的念头。

这一天，何文岫下班回家，见门口站着一个戴眼镜的小青年，一副玩世不恭的样子，开口便说："何主任，我的高考分弄错了。"何文岫觉得好奇，问："差了多少？""六十分左右。""你有什么根据？""我和国家教委印发的正确答案对过了。"

何文岫觉得事关重大，谨慎地问："那你没去查分？"小青年摇摇头："查分？哪有那么容易的。我听说你很正直，所以想请你替我查清楚。""可以，请告诉我你的姓名和考号。""我叫邱刚……"

何文岫愣住了，她仔细打量起眼前这个小伙子，还真有几分晓波的遗传因子……泪水顿时模糊了她的视线："小刚，为什么不叫一声姥姥？"小刚还是那副老样子，冷冷地说："等我的分数查清以后再说。"何文岫心中一紧，想起邱要武那晚的话，她觉得再说也是多余的，于是默默地点点头，推门进了屋。

第二天，何文岫独自一人骑车来到了查分的地方。查分对她这个教委主任来说，原本只要动一下嘴就成了，但她不愿这样做。此刻，小窗口前挤满了人，那些心急如焚的家长们瞪大了眼睛，大汗淋漓地拼命往里挤。上了年纪的何文岫显得有点力不从心，费了好大劲，才挤到小窗口。

屋子里面坐着一个姑娘，外号叫"冰美人"，她一听何文岫说要查分，就把眼珠子一瞪："现在是电脑判分，错不了。"何文岫忍住火气,说:"这位学生和正确答案对过了,觉得少了60分,你们一定要查查看。"冰美人冷笑一声:"你让查就查?说得倒轻松,没见有那么多人在挤吗!快走,少在这找麻烦。"

何文岫被噎得喘不上气来,没防备又被人流挤了出来,从旁边伸过的一只大脚险些把她绊个跟头。一位老太太见状,气愤地提醒道:"老同志,两手空空地挤在小窗前是解决不了事情的,得研究(烟酒)一番才行啊!"

一句话提醒了何文岫,她悄悄绕到了后屋,往里一瞧:不由得气歪了鼻子,她一转身,大步流星走到前门,"啪啪啪"使劲地敲门。

一个年轻人打开了门,见何文岫两手空空,脸立刻拉长了,训斥道:"查分到窗口去排队,乱敲什么?"何文岫严厉地问:"既然规定在窗前排队,那为什么拿礼物的人就可以从这里进去?""哇呀!老太婆,你管得也太宽了。走吧走吧,少在这儿惹是生非。"说完,年轻人便要关门。"慢,今儿这事我管定了,非管不可!""嘿嘿,你是什么东西,这么气粗?"何文岫掏出工作证在年轻人面前一晃:"拿去,看看清楚,我究竟是什么东西?"冰美人在旁边觉得不对劲,忙走过来接工作证,打开一看,额角的汗顿时淌了下来,脸上立刻堆满很不自在的笑容:"对不起,何主任,我们不知道是您老下来检查工作。这是新来的临时工,不懂规矩,我现在就把他辞退了。"冰美人转身冷冷地对那个年轻人说道:"你的工作表现太差劲了,从现在开始不用你了,回家去吧!"说完朝对方使了个眼神。

何文岫不想看他们的表演,径直走进里间,顺手拉开抽屉,"红塔山"、"阿诗玛"塞得满满的,再打开下面的小柜,花花绿绿的礼品堆成了小山。何文岫气愤地问:"这怎么解释?"

这下冰美人可慌了,支支吾吾地答不上来。

何文岫回到教委后,马上召开党委会议,作出了严正党风、撤销冰美人查分站领导职务的决定。决定还没打印,下午便有一位精精瘦瘦的领导助理来到何文岫的办公室,开门见山地谈了自己的意见,归纳起来就是一个意思:处理人的问题要特别慎重,不能轻易撤冰美人的职!

但他的话并没有起作用,冰美人还是被撤下来了。查分站的门口挂上了"严正党风"的大牌子。何文岫还特意安排了两个维持秩序的工作人员,她自己则不声不响地排到了查分队伍的末尾……

分数查清了,邱刚没有说错,他确实整整少了六十多分,原因是工作人员抄分时出了差错。

但时隔不久,何文岫却被撤职,又回到了原来教书的学校。为此,人们议论纷纷,有的说她被撤职是因为收了某大款的万元贿赂;有的说她利用职权为自己的亲外孙加分犯了错误;还有人说她与某某人的女儿有仇,受打击报复而被上面撤了职。但也有知情者们出来纠正,说:何主任撤职的真正原因是她得罪了某领导,因为冰美人是那位领导的女儿。

(赵改莲)

谁是骗子

　　一天,省城大华剧院举行扶贫义演文艺晚会,来自四面八方的歌星、舞星们要联袂献演。宣传广告上赫然写着:演出收入全部用于扶助贫困山区。

　　赵小伟是个追星族,这个机会他当然不肯错过。可到售票处一看,吓他一跳,最差的座位,一张票也要80块钱。他哪来这么多钱?

　　没钱进不了戏院,可是赵小伟又太想见那些明星们了。他左思右想,决定冒险闯关。

　　晚上,赵小伟借了一套名牌西服,把头发抹得油亮,来到大华剧院。他见前门人山人海,大家手里都拿着票,便转身来到后门。

后门儿直通后台,是演员和领导出入的地方,门前还有公安人员把门。

赵小伟在暗处匀了匀气,就大摇大摆地上前,站到几个公安人员面前大声地问:"今天交警是不是没来?"几个公安朝他看看,似乎不明白他的意思,其中一个人答话说:"不清楚。"赵小伟说:"不清楚?这可不行!会上是怎么安排着来?前门的车和人都搅到一起了也没人管,还没有接受上一次出事的教训?赶快过去一个人,和那边联系一下,要绝对保证会场内外的安全,做到万无一失!"说罢,赵小伟拍了拍那人的肩膀,然后径直走了进去。有个公安还怕挡了他的路,把门旁的一把椅子往旁边挪了挪。

这下可好,赵小伟不花一分钱就混进了场子。

赵小伟上了后台,开始还躲躲闪闪的,怕被人识破,光在厕所里就呆了半个钟头。不一会演出开始了,他才壮着胆子来到台口,站着看了起来。

由于赵小伟这小伙长得很有点模样,胖乎乎的,又穿了一身好衣服,怎么看怎么也像个管事的,再加上这晚会是由好几个单位联合举办的,所以谁也没有来干涉他。这时主办单位的几个人正在对面台口那里站着,一看赵小伟这架势,这一位就问另一位:"看见没有?对面儿那个胖子,准是个压阵的。"另一位一摸脑袋:"咱们跟他们接触好几次了,怎么没见过这么个人呀?"那位还来劲儿了:"现在这事儿你还不懂?正经管事儿的不到紧要关头是不会露面儿的,我琢磨他不是个总监就是个总经理,看他那样子不大高兴,会不会对我们的工作不太满意?"

说着,其中一位从幕后绕个弯来到赵小伟身后,轻声问了句:"先生,台下头排还有座儿,您要是站累了,可以到下边歇歇去。"赵小伟正看得高兴,冷不丁吓了一跳,随口说道:"你看我能离开吗?"这位一听,行,这准是正经管事儿的了!又点头又哈腰地退了下去。

再说另一侧演出单位的头儿也正在那站着呢，一看这胖子站样挺有派头，又见主办单位的人还过去给他打招呼，心想：这主儿不是个省油灯，没准是哪一级的领导上台来挑茬的，得注意着点儿。

赵小伟站这地方挺碍事，台口正中，演员进进出出不方便，可谁也没敢让他往边上靠。赵小伟心里乐开花了，这位置看明星拿钱都没地方去买。他这儿正美着呢，突然有人在后边拍了他一下，小伟心想：完了！准是人家看出来了，他战战兢兢一扭头，原来是几个跑龙套的奉领导的指示，给他搬来一张简易沙发，问道："先生！您是到后边歇会儿呢，还是坐这儿继续指导？"赵小伟想：我来就是看节目的，上后边干什么去？也没客气，鼻子里"哼"了一声就坐到了沙发上。有人又把饮料给他送上来，赵小伟这时正口鼻生烟呢，一看饮料上来，也没客气，揭盖儿就喝上了。

要说台上也有几个保安值勤的，一看有许多人上来给这胖子献殷勤，也都认为他是有来头的，当然不敢得罪。所以别人在台上行动受限制，而赵小伟却完全自由，他要上厕所，还有人上来给他引路呢。

演出快要结束的时候，赵小伟想提前溜号，他起身往后门走，在台后的走廊里遇见一位小姐。小姐一见赵小伟，满面笑容地说："我可找到您了，您是刘总经理吧？"没等赵小伟回答，小姐把手中的纸往上一递："真是急死人了，我们兵分几路找您多时了，这是按照刚才会议决定拟的收底方案，请您签个字吧。"

赵小伟要是说一声自己不是刘总经理，不就各走各的道了？可他偏偏接过了纸头，只见纸上的字密密麻麻的，还想看个究竟，小姐就在一旁给他解释上了："门票加赞助，一共收入100万，我们对外报20万，其余80万我们几家分成……"

赵小伟心里"咯噔"一下，好小子呐，够狠的，把大头给私分了。可他又来不及多想，拿笔就在纸上写了个刘字，他以为这就完事了，可小姐说不行，必须把名字签完整了。赵小伟急了：这麻烦了，我哪知道这刘总经理叫什么名字？他为了快点溜号，提笔写了"刘朝南"三个字。说也凑巧，刘总经理的名字叫刘望北，所以小姐接过一看，笑着说："刘总经理，您一会儿望北，一会儿朝南，真有意思。"

赵小伟笑笑，正想走掉，偏偏真的刘总经理早不来晚不来这时候来了。真假刘总经理碰一块，事情也就热闹了！

赵小伟被带到办公室里，被责令坦白交代。他不慌不忙地说："你们给我拿纸和笔来。"

不一会儿，纸和笔拿来了。赵小伟拿起笔，在纸上写了几个大字，随后把笔往桌上一搁，说："写完了！"旁边的人过来一看，都变了眉眼。几个人到一边嘀咕了几句之后，便上来给赵小伟赔不是。那个真的刘总经理哈着腰说："误会！误会！千错万错都是我们的错，您就开个价吧，我们付您精神损失费。"其余几个也异口同声求赵小伟开个价，并且还说要马上请赵小伟去参加晚宴。

也就在这时候，几个公安人员跑来问道："听说抓到个骗子，是谁？"刘总经理忙说："对不起，对不起！是一场误会，这里没有什么骗子，这……这样吧，我请大家一起去吃饭，怎么样？"

赵小伟却说："公安同志，这里确实有骗子，不是一个，是一伙，而且是大骗子！"

公安人员问："谁是骗子？骗什么了？"赵小伟将他刚才写的那张纸拿给他们看，就见上面赫然写着："扶贫义演收入100万，为何只报20万？"

（徐　洋）

道 德 法 庭

道德的种子是很难生长的,必须要有长时间的准备,才能使它生根。

　　一天深夜,星斗满天,月光皎洁,旷野里静得出奇。就在这时候,沿着河边的大路上,急匆匆走来一个年轻的姑娘。

　　姑娘名叫成群,21岁。

　　今晚,她妈妈突然得了急病,爸爸又不在家,她只得独自到镇上去请医生。她家离镇上八里路,不算远,但这条路不很太平,经常发生流氓犯罪和拦路抢劫的事情。可是为了妈妈的病,成群顾不得许多了,抓了根棍子就往镇上跑。

　　成群一口气跑出去四五里路,跑得浑身发热,头上冒汗。她正要掏手帕擦汗,只听"唰"一声,从路边甘蔗地里蹿出两个大汉,一前一后堵住了她。

　　前边的那个家伙两手抱在胸前,狞笑着说:"这半夜三更,你一个人急乎乎的,上哪儿去呀?"

成群大吃一惊,知道碰上"鬼"了,于是脱口而出:"你、你们这是干什么?"

那人还是嬉皮笑脸地说:"不干什么,只是想告诉你:是姑娘就留下人来,陪哥们玩玩;要是婆娘也得留下钱来,让哥们买包烟呼呼。"

面对这两只凶恶的野兽,成群火啦,她咬咬牙说:"我宁为玉碎,不为瓦全。你们想在我身上占便宜,做梦!"说着,她举起了手里的木棍。

谁知后面那个家伙眼疾手快,一把夺过木棍说:"哟,还想动武吗?"

前面那个"呼"一下拔出把匕首,得意地说:"好,就凭这点泼辣劲,够刺激,够味!"说完,一步步地向成群逼过来。

一个弱女子,在两个大汉的挟持之下,既无还手之力,也无招架之功,真是上天无路,入地无门。

就在这危急关头,成群突然发现不远处有一点亮光。她知道,那里有个小小的村子,住着十几户人家,他们要是晓得了,一定会来相救,于是就放声大喊起来:"来人呀,抓流氓!"

两个流氓大吃一惊,一把抓住她的胳膊威吓道:"老实点,你再喊就宰了你!"

成群还是大喊道:"救命啊!流氓要杀人啦……"

这震撼人心的呼救声,在寂静的夜空中传得很远很远,村子里那些熟睡的人一个个被惊醒了,但除了那家亮着灯光的户主闻声跑出来以外,竟没有一个前来相救的。

那个闻声跑出来相救的是个寡妇,她循声奔向河边,一看,只见两个大汉将一个女人按倒在地,正在撕她的衣服,寡妇就竭力地喊叫:"救命啊……"

寡妇知道,自己上去不但救不了她的命,反而是往虎口里送肉,自讨苦吃。她朝村里看看,却不见一点动静,心里好不恼火:难道所有的人都聋了,还是一个个都麻木了?

眼看河边的姐妹将受歹徒的糟蹋,她急得心如刀绞。这一急,倒急出了个妙计,当即扯开嗓子喊道:"起火啦,快来救火呀!快来呀!房子着火啦……"

她这一喊,果然很灵,顿时,家家户户的灯都亮了。接着,"砰砰嘭嘭"都开了大门,男男女女、老老小小,有的提桶,有的端盆,有的拿瓢,喊着,叫着,冲出村子。

两个流氓一见这情景,吓得屁滚尿流,丢下姑娘,落荒而逃。

姑娘得救了。

人们闹腾了一阵之后,连个火星儿也没见到,才知是一场虚惊,于是就议论纷纷:"这是哪个搞的恶作剧?"

"谁知道,真缺德!"

"再搞这种名堂,抓住他,要他赔偿损失!"

"是呀,破了我的美梦,真该死!"

成群听了人们这些议论,只觉得眼前一黑,差点晕倒。现在她才明白这一带所以常有歹徒作恶的原因。

她正想着,那个寡妇跑过来说:"姑娘,你怎么半夜行路也不找个伴,这多危险呀!"

成群苦笑着,如此这般一讲,寡妇说:"噢,原来是这样,那快走吧,我陪你去。"

寡妇陪着成群走了,村里的人们忙乱了一阵之后,又都钻进被窝躺下了,村子里又恢复了平静。

谁知突然又传来了呼救声:"着火啦!快来救火啊……"这撕心裂肺的呼叫声一阵紧似一阵,但却始终没有把人们从床上喊起来。所有的人都睁着眼睛像听音乐似的在听,有的还说:"哪个该死的,吃了没事又在寻开心啦?别理他,睡觉!"

喊声仍在继续。

　　不一会儿,有人听到了"哔哔剥剥"的响声,有人从窗户里看到了蹿动的火苗,还有人似乎闻到了焦烟味,这才意识到事情不妙。他们一骨碌从床上爬起来,冲出门外一望,天哪!大火已经冲天,火借风威,风助火猛,眨眼间眼前成了一片火海,人们惊慌失措地喊着、叫着、跑着、跳着,乱成了一团。

　　很快,救火车呼啸着赶来了,扑灭了熊熊大火。但由于延误了时间,还是烧毁了十几间房子,损失惨重。

　　至于起火的原因,事后查实系那两个流氓所为,因寡妇那么一喊,使他们的罪恶目的未能达到,于是怀恨在心,待人们睡下以后,就溜进村子,在寡妇门前放了一把火,以图报复。

　　罪犯抓住了,得到了应有的惩罚。

　　但面对这一片被烧毁了的房屋,大伙才意识到:这里的人似乎都缺少点什么。缺少什么呢? 也许,这缺少的正是人与人之间最需要的东西。

(张安生)

二憨子扔儿

我们村里有个叫二憨子的,结婚七八年,好不容易老婆肚子里有了点动静,十月怀胎,生了个男孩。

可二憨子高兴了没多久,慢慢发现有点不对劲:眼看着差不多年龄的孩子,一拐一拐开始学走路了,可自己这个宝贝疙瘩,两条小腿像软面条似的,一点劲都使不上。等到快两岁的时候,人家的孩子一颠一颠地跑起来了,可自己的孩子却连爬都不会。二憨子急了,带着孩子跑县里、省里。医生说:"你这孩子的骨头,有先天性的疾病,得这种病的人极少,我们都没遇到过,治不了。"

盼星星,盼月亮,谁知却盼来个残疾儿,这下可苦了二憨子。他和老婆商量,老婆说:"攒一年钱,带孩子去北京看病,倾家荡产也得把孩子治好。"

按规定,二憨子夫妻俩还可以要一个孩子。你还别说,他老婆还真争气,过一年,又生了个大胖小子。

这一回二憨子可不敢马虎了,抱着小子到医院做了全面检查,一切正常,两条小腿,有劲着呢。两个小子,一个健康一个残,老大叫人悲,老二让人喜。

二憨子想给老二摆满月酒,他老婆说话了:"孩子他爹,这酒我看还是不摆了,得花多少钱啊!咱钱攒得也差不多了,你带老大去北京看病,行不?"

一提起老大,二憨子的脸就沉下来了,不过,他还是点了点头。

过了几天,他抱起老大,带上积蓄,就上了去北京的火车。

二憨子找到自己的位子,坐下后一看,对面坐的是个老头,花白的头发,戴一副眼镜,二憨子跟老头聊了一会,知道老头也是去北京,好像开什么会。二憨子聊了一会就睡,不知睡了多久,火车停了下来,二憨子睁开眼,见窗外黑漆漆的,什么也看不见,他对老头说:"大叔,替我照看一下孩子,我去活动活动。"说完,他就下了车。

二憨子下车以后,躲到一棵大树后,点上一支烟,"滋溜滋溜"地抽了起来。一会儿,车厢里的广播喊了起来,让下车休息的旅客赶快上车,紧接着,车门"咣当"一声关上,火车开走啦!

二憨子这才从树后走了出来,看看远去的火车,叹了口气:"孩子,别怨爹狠,爹扔你也是没办法。"

原来,二憨子自从有了老二,对老大死活瞧不上眼,更不想为他花钱治病。他觉得,老大是个无底洞,填多少钱进去,病也医不好。可是不医老大,老婆那儿又说不过去,这才想了这么个办法,把老大扔在火车上,回去就对老婆说孩子在北京丢了。亏他想得出,真是丧天良!

这时，二憨子想找往回去的火车，不料突然发现，这里根本就不是火车站，两边都是高高的山，火车在这里只是临时停车。

西北风刮起来了，天上又飘起了雪花，二憨子想起自己的棉大衣还盖在老大身上，刚才一时慌张忘了拿。在东北，那是多冷的天，二憨子冻得浑身直打哆嗦，可四周除了这大山，连个人影也没见，二憨子这才害怕了：如果找不到人，一宿下来，非冻死在这山沟里不可！

二憨子突然看见远处好像有一点灯光，他发了疯似的朝灯光跑去，四周漆黑一团，西北风在他耳边"嗷嗷"怪叫，跑着跑着，脚下一软，跌了下去，眼前一黑，便什么也不知道了。

二憨子醒来的时候，已经躺在医院里了。原来二憨子这一跌，竟跌进了山沟里，腿受了重伤，是山里的一个护林员发现后，把他送进了医院。

二憨子怎么也想不到，他的伤势竟然十分严重，浑身上下十几处伤，特别是左腿，已经摔成了粉碎性骨折。临出院时二憨子才发现，他的左腿比右腿整整短了五公分，他不可能和正常人一样走路了，已经成了终身残疾。

出院的时候，二憨子兜里的钱差不多花光了，他一瘸一拐地上了回家的火车。

离家越近，二憨子的心越沉：悔不该把大儿子扔在火车上，这是报应啊！不知老大现在怎么样了，回去马上登一个寻人启事，说啥也要把老大找回来，别说他瘫，他就是傻，就是瞎，也要养他一辈子。经过这场大灾难，二憨子的良心也回来了！

到了家门口，二憨子拍了拍门。他住院以后没敢告诉家里实情，只写信说在北京要多呆几个月，还不知道家里急成啥样了呢。

家里的门没插，二憨子一推门就走了进去，就在这眼睛一眨的时候，忽听一声"爹"，一个小孩欢蹦乱跳地向他扑来。你道那小孩是谁？嗨,竟然是二憨子的大儿子!

那老大是扔在火车上的,怎么现在竟回了家? 本来是个病腿,现在怎么跑起来像飞? 这不是活见鬼了?

二憨子一问老婆,才知道是这么回事。

原来那天火车上,那老头见火车开了,二憨子还没上来,以为他一定是出了意外误了车。老头这下慌了,他是个骨科医生,这次上北京,是参加一个全国性的医学研讨会,半点耽搁不得。幸亏老医生在二憨子的棉大衣口袋里发现了一张纸条,上面有二憨子的姓名和地址,这还是二憨子的老婆心细,临出门的时候以防万一,特地在口袋里放着的。

老医生想把孩子交给乘警,让他们帮着送回家。谁知他一抱孩子,发现他的腿有问题,检查一下后,觉得和正在研究的病倒很相似,很能说明问题,于是老医生便自作主张,把二憨子的老大带到了北京。

开会期间,全国各地的专家给孩子进行了会诊,你们说,这小孩福气有多好,这样的好事,全国有几个人碰得到? 开完会,那老医生就根据会诊的意见,给孩子进行了治疗,铁树开花,还真给治好了。

那老医生真是个好人,最后还亲自把孩子送回了二憨子的家……

二憨子听完以后抱头痛哭,心里甜酸苦辣啥滋味都有。本来嘛,健康也好,病残也好,孩子都是父母的骨血,手心手背都是肉,怎么好昧着良心扔掉?

你们看二憨子,想扔孩子没扔成,却把自己扔了;孩子不瘸了,自己却瘸了……唉,人哪,真不能起坏心,一起坏心,就有报应,简直和拍电影一样……

(文 华)

少女冤魂

　　刘洁是林城中学高二(五)班的班长,是位住校生,聪明美丽,人见人爱。

　　这天,她刚踏进宿舍门,就听见传达室的王爷爷叫她:"刘洁,你的信!"刘洁忙跑过去,接过信,说了声"谢谢"。便转身进了宿舍。哪知同宿舍的女生们立刻"呼啦"一下围了上来,抢她手中的信。

　　因为这宿舍的女孩子们曾经有过"君子协议",不管谁来了信,全都公开。所以信被抢去,刘洁也只是一笑而已。

　　这时,班里出名的大嗓门宋莉拿着信朝大伙挥挥手说:"各位请静一静,我来给各位念一念。"

　　她刚要拆信。忽然又尖声叫起来:"大家快来看,这信好怪呀！信封上没留写信人的姓名地址，只写着‘内详’两个字。哈哈，我看准是哪个小子看上咱们刘洁大美人了。”

听宋莉这么一说，大伙嘻嘻哈哈，七嘴八舌说个不停，弄得刘洁满脸通红。

刘洁嘴一撇，大声喊道："你们再嚷嚷，我就不给你们看。"说着就去抢信。

宋莉可不饶她："不给我们看，忘了自己的诺言了？"她"嘶"一声撕开了信封，抽出信纸，拿在手里，高声朗读了起来：

亲爱的：

　　好久没有与你见面了，我想你都快想疯了。你还记不记得，我们曾在花前月下海誓山盟，那阵子，我们互相亲偎，互相拥抱，我现在回忆起来，还觉得甜滋滋的。但愿你没有忘记我们那一段情……

刚读到一半，宋莉就"啪"的一声将信扔在了地上，恨恨地说："好你个刘洁，想不到小小年纪竟干过这种事！"顿时，大家都向刘洁投去鄙夷的目光。只听人群中有人说了声："告诉老师去。"全宿舍的女孩子们全都奔了出去。

这一突变，简直把刘洁搞得头晕目眩。一时间，她脸苍白，手冰凉，整个身体都麻木了。喃喃地说："这不可能，这不可能！"她颤抖着双手从地上捡起那封信，继续看下去：

　　对了，读到这里，我该提醒你一句了，你大概以为我是哪个流氓在使坏了。不过，我可没使坏。上面所说的一段话也句句是实。道出我的名字，你大概会想起来，我叫李晓云。开个玩笑，请见谅！

一见"李晓云"三个字，刘洁的一颗心落地了。

李晓云是在初中二年级时来到刘洁这个班的，她是个生性爱开玩笑的女孩。她一到这个班就跟刘洁成了挚友。两人曾经一起在花前月下发誓：彼此将成为世界上最好的朋友。但发誓归发誓，她们毕竟是孩子，读初中三年级时，李晓云跟随父母去了另外一个城市，从此就和刘洁分开了。

刘洁读罢信，如释重负地奔出宿舍，见宋莉等一群女孩朝宿舍走来，忙喜滋滋地迎上去，将手中的信递上说："宋莉，刚才你们误会了，这封信是……"

没等她说完，宋莉用手推开她的信，冷冷地说道："谁知道你葫芦里卖的什么药，刚才我看得清清楚楚，大家也听得明明白白。我们这一走，鬼知道你改了些什么。我们又不是三岁小孩。对不起，我的班长大人，有话请到老师那里去说。"说完，她将手一挥，带领她的"娘子军"们进了宿舍。

刘洁呆了。她不明白，为什么大家都不愿听她解释呢？她委屈得鼻子酸酸的，泪水止不住直往下流。

她愣怔了一会，用手抹了把眼泪，决定去找老师。她急匆匆来到班主任胡老师的宿舍前，轻轻地敲了两下门。

胡老师听了宋莉她们的叙述，此刻正气得喘不过气来，听见有人敲门，不耐烦地说了声："进来！"

刘洁推开虚掩的房门："胡老师，我……"

"哦，是你，你是来说刚才的事吧，我都知道了。"胡老师做了个手势，示意她坐下。

刘洁边坐边说："胡老师，其实大家都……"

"这个嘛，我心里有数。刘洁，你是个很漂亮的女孩，这一点我承认。可是，你才十六岁啊，怎么能……你，你真是令我失望啊！"

"胡老师，你误解了……"

"我误解？我一直以为你是个正派的好学生，想不到你竟……好了，你先回去吧。"

"可是，我……我……"

"你不要再说了，你走吧！"

从胡老师宿舍出来，刘洁感到四周死一般的寂静，她好害怕，她脸色惨白，而心里却还充满希望：明天，大概大家会听我解释清楚的，一定会的。

她走到宿舍门口，发现里面灯还亮着，听见宋莉她们正在叽叽咕咕议论着什么，见她推门进来，她们全都钻进了被窝。刘洁真想痛哭一场，这一夜，她有生以来第一次失眠了。

第二天，刘洁一起床就要向室友们解释，但每个人都像避瘟疫似的远远躲开了。

刘洁难过极了，她再一次推开了胡老师的房门："胡老师，我想跟你解释一下……"

"好了，这种事情没什么可解释的，我也没有工夫听。"

"不，胡老师！"刘洁急得大声嚷道，"我一定要说，我请你先看看这封信！"她说着，把李晓云写的那封信塞到胡老师手里。

胡老师拿着那封信在手里掂了掂，冷笑了几声，说："你以为我会相信你这是封真信？刘洁同学，你刚才的态度简直是目无老师了。你回去好好作个自我检查。还有一件事要告诉你，从今天起，你班长的位置让给宋莉了。"说罢，拂袖而去。

刘洁发疯似的哭着回到宿舍，从此她不管走到哪里，总会遭人白眼。她再也忍受不了这样的目光，气愤之下，她卷起衣物，挎上书包，哭着离开了学校。

刘洁昏昏沉沉在县城转悠了几天，她本想去找李晓云，要她来说个清楚，还她个清白，可是摸摸身上钱不够，只得给李晓云发了一封信，然后登上了回家的汽车。她想父母是了解自己的，事情会解释清楚的。

可是,天真的姑娘哪里料到,由于她的离校,使这件事更加复杂化了。胡老师由惊到怒,立即给刘洁的父母拍了电报写了信。宿舍里的女生们更是说什么的都有,越说越玄,甚至说刘洁跟那写信的小子私奔了。

所以,当刘洁乘了一天一夜车回到久别的家乡,刚踏上村头,就见那些曾经一再夸过她的村里人,今天居然三五成群地冲她指指点点议论着什么。

起初,刘洁对此并没在意,因为有时候村里人也会聚在一起议论她,但他们眼光里流露出的,是欣赏,甚至是羡慕。可此刻的眼光,却有点异样。

这时,她耳边传来一个童稚的声音:"刘洁姐姐!"她循声望去,见是李阿姨家五岁的儿子小胖。刘洁忙走过去,蹲下身子刚伸出手,李阿姨突然从屋里奔出来,一把拉过小胖,瞟了刘洁一眼,抱起小胖转身走进屋里,随手"砰"将门重重地关上了。传进刘洁耳里的是李阿姨的声音:"也不想想自己是什么东西,还想抱我家干干净净的小胖,真不要脸!"

刘洁顿觉一阵天旋地转,她伸手扶住身边的小树稳稳神,这才明白村里人那异样的眼光里包含着什么。她举目朝那些议论的人们望去,那些人一见,就四下散开了,嘴里还嘀咕着:"这种人,看她外表好看,想不到却干这种事。""就是嘛,人就是不可貌相嘛!"

刘洁傻呆了,发疯般的朝家中跑去,跑到门口,就见父母和两个姐姐都站在那儿。刘洁发现他们目光中带着逼人的寒气,她以为他们是等她回来把事情讲清楚,再替她洗清这不白之冤,于是她一把擦去眼泪,强颜欢笑地上前喊道:"爸,妈,姐姐,我……"

她话还没说,就见气得脸上肌肉一直抽动的父亲连珠炮似的骂道:"贱丫头,你还有脸笑?你做的好事,你给刘家抹了黑,你败坏了刘家的门风！从今以后,我没有你这个女儿！你、你、你给我滚！"说罢,父亲把刘洁的母亲和两个姐姐全都推进了屋里,"砰"一声将门关上了。

刘洁用手捶着门,哭喊着:"爸爸,妈妈,你们开门哪！你们听我说呀,爸,妈……"

但无论刘洁如何哭着喊着,都没有人开门,也没有人答话。

刘洁绝望了,她彻底绝望了。她把衣物全扔在了门口,只拎着她的书包,朝着不远处的海滩跑去。

此刻,正是日落时分,缕缕霞光照在海面上,波光粼粼,景色奇异壮观。刘洁坐在沙滩上,出神地凝望着海面。好久好久之后,她从书包里掏出纸和笔,低着头"沙沙沙"写了起来。写完后,她又掏出李晓云写给她的那封信,用一块石头把这两封信一起端端正正地压在沙滩上,把书包放在旁边。然后,她理了理凌乱的头发和衣裳,回头朝村上望了望,便缓缓地向大海走去……

再说刘洁的父母,接到胡老师的电报和信时,肺都气炸了,所以一看到刘洁回来,火暴性子的父亲顿时怒火冲天,大骂了她一通。可毕竟是自己的心头肉啊,过了一会,他听不见女儿的哭声,就开了门,见女儿把衣物放在门口,却不见了影子,不由惊慌万分,便赶紧寻找起来。

此时,天已快黑了。当他们听说刘洁朝海滩走去时,他们更慌了,急忙赶到海滩,却不见刘洁的踪影,只发现一长串通向大海的脚印正在渐渐地被海浪淹没。"妈,爸,快看,那是妹妹的书包！"刘洁的大姐发现了刘洁留下的书包,忙叫喊着奔过去。刚蹲下身,就发现了压在石头下的两封信,顺手拿了起来。

他们看了李晓云的那封信,眼泪就流了出来,又急忙展开刘洁留下的那封信,只见上面写着:

亲爱的爸爸,妈妈,姐姐,老师和同学们:

当你们看到这封信的时候,我——刘洁,一个受了不白之冤的女孩,已经离开了这个世界。

对于离开这个世界,我不抱怨任何人。记得小时候有一次,我曾天真地问爸爸:"爸爸,你为什么为我取名为'洁'?"爸爸说:"那是因为我希望你永远做一个纯洁的女孩。"从此后,我就时时刻刻记着爸爸的话。今天,我只想告诉大家,刘洁我永远都是纯洁的,我绝没有辜负爸爸为我取名的良苦用心。我死后,只有一个要求,希望读到这封信的亲人能为我洗去这不白之冤,这样,我便含笑九泉了。

还有一句话,我想慎重地告诉我的亲人们:我希望大家以后处理问题不要太简单,以免发生不该发生的灾祸,但愿不要再发生像我这样的悲剧!

永别了,我真心爱着的亲人们!

刘　洁

读罢此信,他们全都泪人般的瘫倒在了海滩上。

这时,从海面上飞起一只洁白的海鸥,凄惨地鸣叫着,似乎是在向人们诉说着什么……

（陈　艳）

老钱下海

老钱想下海挣钱,就按一个朋友的指点,写起了通俗小说。他在机关里做秘书工作,文字功夫很好。找了个搞公安的朋友,借来一些案例,连抄带编,居然发表了不少。

这天晚上,老钱又在"闭门造车",忽然闯进三个不速之客,进了门二话不说,纳头便拜,把老钱弄得莫名其妙:"起来,起来,干什么呢?"

三个人站了起来,都是十六七岁的小伙子。

为首的"黑皮"把两条万宝路、两瓶剑南春递上来:"钱老师,我们是来拜师学艺的。"

原来是文学爱好者!

老钱释然:"坐,有什么问题,咱们共同探讨。"

黑皮说:"钱老师,你的小说,我们都当成教材读了,只是有个问题弄不明白。比如拎了人家的包,人家在后边追,怎样处理才好?"

老钱拍拍桌上的一叠手稿:"我这里有个这样的细节:事先让同伙准备个包接应,碰撞一下,把包换掉,回头反咬失主诬陷好人!"

黑皮伸出大拇指:"还是钱老师高明! 唉,如果早得老师指点,我上次也不至于栽进去。"

老钱一怔:"你说什么?"

黑皮说:"惹老师见笑了,俺哥儿三个刚下水,毛嫩着哩。以后有老师指点,进步就快了。"

老钱大吃一惊:"你们是贼?"

黑皮反问:"老师不也是贼吗?"

啊! 老钱两眼一黑,瘫倒在地上。

(曲范杰)

鱼贩子告状

莲湖乡有个名叫林德庆的鱼贩子,几年来苦心经营,发了一点小财,因而方圆几十里有点小名气。

这天,林德庆拎了一只装有二十来斤河虾的篮筐走进汽车站。买好票,刚要上车,被一个检票员拦住了。林德庆抬头一看,有些面熟,此人车站里的人都叫他小胡子阿发。上个礼拜一,就是这个阿发,从林德庆的鱼筐里拎走了两条半斤多重的活鲫鱼,还说:"账嘛,日后算。"现在又碰到这个阿发,林德庆心里暗暗叫苦。

这时候,阿发摸了摸唇上的小胡子,笑嘻嘻地走过来,对林德庆说:"唷,这么大的虾多新鲜,准卖大价钱!""生意难做,生意难做。""你是发了财的人,不要大蛇碰到鸟蛋——独吞啊!"说罢,伸出两只蒲扇似的大手,左右开弓,"扎嗒、扎嗒"两下抓了两大把河虾,装进食品袋里。林德庆肉痛啊,想发作,又怕得罪了这尊菩萨,日后不让上车就糟糕了。因而只得把到嘴边的话硬吞进肚子里。

小胡子阿发把河虾往旁边一放,笃悠悠地朝林德庆笑了笑,说:"分量不要称了,毛估估一斤差不多吧? 账嘛,日后一起算。"林德庆气得肚子里直骂:吃白食,还说好听的话,不要脸皮! 吃了拉肚子!

三天后,林德庆拎了两篮筐黑鱼准备到城里卖大价钱,买好车票走到检票入口处,又遇见了那个小胡子阿发。林德庆早有戒备,先打招呼:"朋友,放一码,混口饭吃。"小胡子阿发嘻嘻一笑,说:"有饭大家吃,有鱼大家尝。吃你大的你肉痛,拎条小的总可以吧?"

林德庆总算拎得清,连忙从篮筐里捡了一条斤把重的小黑鱼扔到阿发面前,还故意说:"你晓得哦? 黑鱼不管大小都能补身体,我是经常吃的。"小胡子笑眯眯地说:"难得吃吃也同样补。账嘛,日后算。"

林德庆气得真想大声问他账究竟几时算? 但他没开口,只是"嘿嘿"笑了笑。

林德庆也不是盏省油的灯,他是远近闻名的棉花絮里榨得出油的人,岂能容忍别人揩他的油! 他心里说:现在让你拿,到时候和你来个总算账,叫你小胡子阿发吃不了兜着走。

很快一个月过去了。这天,林德庆特地生意不做,请人写了一张状子,告到人民法院,决定和小胡子阿发算总账了。

法院受理了这案子,到了开庭这一天,小胡子阿发被传唤到庭,坐在被告席上。

这时,只见原告林德庆翻开一个小本本,念道:"一个月来,小胡子阿发从我手里拿去鲫鱼 12 斤、黑鱼 8 斤、河虾 4 斤,约计人民币 150 元……"

作为被告，小胡子阿发对林德庆指控他拿去鱼虾的数量供认不讳。林德庆要求被告结清账目，小胡子阿发说："我以往拿走他的鱼虾时，曾经说过多次，账日后算，现在是总算账的辰光了。"

他话刚落音，从门外跌跌撞撞进来一个衣衫褴褛的老人，声音颤抖地说："账要算，账要算，全在我心里。若不是阿发帮忙，我早就被这畜生折磨死了。法官啊！林德庆是我独养儿子，可他只顾发财，黑了良心，不管我死活，鱼不让我吃一条，虾不给我吃一只，几个月不踏进门槛来看看我。我是身患绝症的人，他非但不给我送医院治，还想早点饿死我。幸亏新来的邻居阿发天天照料我，替我烧饭做菜洗衣裳，还摸出钞票为我买小菜。我不好意思让阿发破费，就想出这个馊主意。四邻八舍都看见，阿发从我儿子那里拿走的东西，其实都是汏好烧好给我吃的，自己从来不碰一点点。"

林德庆听到这里，想不到自己成了被告席上一个不光彩的角色，不由面孔涨得通红，脑袋耷拉了下来……

（戴仁毅）

回 头 是 岸

在同样凶犯和凶手的身上，也可以找到一颗人类的心。

逃

犯

从劳改农场逃出来后,小偷李熊逃了两天两夜,胆战心惊地摸到了公路边。一见到靠着公路的饭馆,他那三天没沾粒米滴水的胃,剧烈地蠕动起来。

但是,他不敢贸然靠近饭馆,怕里面有干警,只好扑倒在草丛里。然而,饥饿难当,终于他爬起身向饭馆走去。

好客的土家人开的土家饭馆仍保留着先吃后给钱的古朴民风,李熊溜到墙角的桌子上,风卷残云似的把一桌子饭菜全都吞了下去。

正吃着,一只脏乎乎的手伸到了他的面前:"小哥,给点吧!"李熊顺着手往上一看,一下子惊呆了。

"啊,你……你是熊子?"讨饭的老太婆也惊呆了。

"妈——"李熊扑过去,抱住了老太婆,"妈,你怎么到这儿来了?"

老太婆撩起褴褛的衣角擦着泪,说:"妈想你呀,攒了几年的钱来看你,没想到还没下车就被偷了。妈惦着你,这不,靠着讨饭一路过来的。"

听完妈妈的话,瞧着妈妈疲惫的身体,李熊不住地捶打着自己的头:"我真该死。"

人们好奇地围住这泪涟涟的娘儿俩。

服务员见他吃完了,道:"饭钱呢?"

"钱?"李熊一愣,随即低下了头。

李熊妈颤抖地从口袋里慢慢地掏出乞讨来的一角、两角、一分、两分……

"妈——"李熊见此情景,大叫一声跪在地上,抱着娘的腿失声痛哭。

随后,人们看到,李熊站起身来,擦干眼泪,搀扶着他妈出了饭馆,沿着公路,头也不回地朝劳改农场走去。

(国　宁)

夜半出车

朋友们都说沈师傅不适合开出租车——太爱管闲事。就因为这一点，沈师傅出车的时间不少，可挣钱却寥寥。

就说那一天晚上，已经半夜十二点多钟了，沈师傅还在"皇苑"舞厅门口"兜生意"。只见一男一女正向他的车走来，借着舞厅门前的霓虹灯光，沈师傅打量着眼前这对男女。那男的一看便知是个款爷，脸胖得像个把朝上的鸭梨，油光光的头发整齐地向后拢着，下巴连着颈脖，腹部明显地凸出，就像怀孕六个月的女人。他抬手吸烟时，有两道刺眼的亮光闪过，走近后，沈师傅看到那是两枚大得惊人的钻戒。相比之下，那女人就朴素多了，一袭天蓝色风衣，脖领处露着淡黄色的毛衣领，浑身上下竟找不出一点儿金货。更奇怪的是，她脸上没有一丁点儿的涂抹，眉宇间那一抹似有似无的淡淡的忧郁,反倒衬托出一种脱俗不凡的气质。沈师傅开了三年的出租,见多了那些大款身边的女人,这种打扮这种气质的女人,还是第一次见到,他不由在心底为她叹息:咋就跟了这么个俗货!

那胖子走到沈师傅的车边,拉开车门,让那女人先上车,然后像塞麻袋似的把自己塞了进去。"去'东苑!'"胖子没头没尾地朝沈师傅掷过三个字。沈师傅知道东苑是新开发的别墅群,在郊外的沙湖边上,住那里的人都是些腰缠万贯的款爷、腕儿。车上公路,沈师傅缓缓加速。这时候,沙湖的这条路上根本没有行人,就连车辆都很少,沈师傅把车速提到90码。

沈师傅一心一意地开车,不过通过车上的后视镜,那对男女的动静他还是觉察到了。胖子不止一次地把肥厚的嘴唇向那女人脸上贴去,但都被那女人推开了,胖子也不恼,依旧笑嘻嘻地涎着脸。倒是那女人,反而一脸的不自在。

一会儿,只听胖子开口了:"阿盈,别这么紧张,别墅里只有两个佣人,我从不让我那黄脸婆去那儿。"

那女人一直不开口。胖子又说话了:"怎么,想你那穷鬼丈夫?那个无用蛋算什么东西,在那个半死不活的破厂跑供销,一个月的工资还没我下一次饭店给的小费多。"

"别骂他,"女人开口了,"他是个好人。"胖子呷呷一笑:"好人是好人,可惜呀,没钱,连儿子上个重点中学都负担不起。"

"别说了。"那女人声音大了,口气明显带着气愤和悲凉。沈师傅不由在心中骂了句:"活该!"

胖子一本正经地说:"阿盈,我告诉你,这年头,就兴一个'钱'字,这年头,谁不盯着钱看!就说开车这小子吧,深更半夜不在家里搂老婆,为啥?还不是一个'钱'字!"

这家伙,居然损到沈师傅的头上来了,沈师傅就像吞了一只苍蝇那样恶心,但沈师傅依旧忍着,提高了车速,只想快快把他们送走。

只听那胖子还在滔滔不绝，只是那女的态度很冷淡。胖子一笑，说："你怎么还是老脾气？想当年，你就是这样不管我的苦苦追求，嫁给了那个穷小子。要知道，我是多么喜欢你呀，尽管晚了十二年，可我还是像以前一样爱你。"

嘿嘿，这对男女，一定是十二年前，这女人曾经拒绝胖子而嫁给了穷小子，并且有了儿子。现在儿子长大了，要进中学了，她家的经济一定很拮据，而胖子这几年财运亨通，所以她为了儿子，求到了胖子头上。这胖子竟乘人之危，真不是个好东西！

沈师傅不由为那女人叹息：一个贫穷而又望子成龙心切的母亲，她自己可以忍受贫穷，却不忍心贫穷断送儿子的前程。沈师傅开始可怜这个女人，同时也想起自己的妻子，一个一年前曾经让他伤心过的女人，她现在已经离沈师傅而去，走的时候，什么原因也没说。沈师傅对那胖子厌恶到了极点，他对自己说："不能让这家伙太得意了。"

那胖子又开口催沈师傅："喂，开快点！"沈师傅咬咬牙，狠狠地把脚闸踩了下去，只听"吱——"刹车片发出一声刺耳的尖叫，车子猛地停了下来。沈师傅轻轻说了一句："请你们下车。"

这时，车离东苑实际上还有两公里，黑咕隆咚的。沈师傅正是要在这里治治这个家伙，他已经不在乎挣钱不挣钱。沈师傅跳下车，拉开后面的车门，对胖子说："下车，我不想拉你们了，你不是有钱吗？坐你的钱回家吧！"

胖子见沈师傅不像开玩笑，有点慌了，口气软了下来："师傅，别开玩笑了，刚才我说了几句冒犯你的话，千万别往心里去，到了'东苑'，我加倍付你的钱。"

沈师傅大吼一声："少提你那臭钱。下车！"他这一吼，胖子一点威风也没有了，只好乖乖地下车，那女人也跟了下来。看到胖子灰溜溜的样子，沈师傅感到一种报复的快意，这样做可能与职业要求不符,但他无法容忍这种人坐在他的车里胡作非为。

沈师傅重又坐回车里。车子启动的时候,不经意间与那女人的目光相遇,沈师傅不由心里一动。他探出头来,对那女人说:"这位女士,我想劝你一句。"那女人把头低了下去。胖子一拉她的手,说:"别听他的,咱们走。"那女人却甩开了他。

沈师傅笑了,说:"这位女士,恕我直言,今晚你做了一笔十分亏本的生意。你要知道,如果今晚你跟他去了某个地方,不管出于何种目的,你就已经伤害了你的丈夫。如果你的丈夫是深爱你的,那么你对他的这种伤害就更深……"

"住口,"胖子在一边急了,"不用你多管闲事。"

"多管闲事的是你,我跟这位女士说话,干你屁事?请你不要随便打断我的话,否则别怪我不客气!"沈师傅边说边用力拍了下车门。他知道,在金钱不起作用的地方,这种人的胆子最小。果然,胖子不再说话了。

沈师傅继续对那女人说:"就算你丈夫不知道你今夜所为,可是如果你还有良知的话,以后你在你丈夫面前就会永远有一种愧疚感,这个家伙加在你身上的耻辱,你一辈子都抹不掉。"

胖子沉不住气了,一拉女人的手,说:"阿盈,别理他,这种话谁不会说?"女人再一次甩了他的手。胖子急了:"你……难道你不想让儿子进重点了?"

"你不要乘人之危!"沈师傅狠狠瞪了他一眼,又转向这个女人:"这位女士,你觉得用这种方式为你儿子换一个进重点的机会值得吗?如果你儿子知道他这个机会是以母亲受辱为代价换来的,那么他会是一种什么心情……"

"别说了!"女人"呜呜"地哭了起来。胖子手足无措,只知道说:"阿盈,我有的是钱,放心,不上重点中学,就是上贵族学校,我也出得起。"这家伙,除了钱,不会有什么好主意。沈师傅"刷"地推开车门,对那女人说:"这位女士,我们不是贵族,就不要奢望贵族享受,凭自己的本事清清白白过一生也不错。现在,我等你十秒钟,如果你上我的车,我会帮你回到你那个可能还亮着灯光的家;如果你想和他同走这一段黑路,那也请便。"

胖子急了:"阿盈,别走,看,你儿子读书的钱我都带来了,这些都是你的。"他一下子打开手提包,借着月光,沈师傅看见里面有成叠的钞票,他不由哈哈大笑,笑声在夜色中远远地传开。这种时候,居然还赤裸裸地卖弄金钱,真是个十足的笨蛋!那女人毫不犹豫地上了沈师傅的车。

沈师傅大叫一声"OK",边发动引擎,边把头伸出窗外,痛痛快快地对孤零零的胖子说:"告诉你,这条路上闹鬼,让你的钱和你一起见鬼去吧!"

胖子一副哭腔:"别走呀……"

沈师傅才不理他哩,轿车转了个身,轻快地向市区驶去。

车上,那女人一个劲儿说感激的话,可沈师傅的思绪却早已飞开去,他心中翻来覆去只想着一个人,那就是他的前妻。当那女人下车又向沈师傅连声道谢时,沈师傅只喃喃说了一句:"为什么我老婆跟人跑的时候,就没有碰上我这样爱管闲事的人呢?"

女人一愣,一双眼睛瞪得溜圆。

(孙尊全)

特殊中奖者

　　房屋有奖储蓄开奖了！一个月来，二等奖、三等奖以及纪念奖统统领光，唯独这可得"二室一厅、煤卫独用"的头等奖038388没人来领取。

　　银行工作人员感到奇怪：038388的主人，你在哪里？

　　话说蛇山劳动教养所第二劳教队，今天正在上缝纫裁剪课，教授中山装裁剪法。二十二岁的劳教人员周自新坐在第一排，听得津津有味，他把一张报纸摊在课桌上，用手撸撸平，"刷刷"几下子，一件中山装后片便勾勒出来，他拿起剪刀，好像刀下真是块布料一样，认真地剪裁着。

　　忽然，他停住了手里的剪刀，两只眼睛死盯住那张当作衣料的报纸，瞪得像鸡蛋般滴溜滚圆。为啥？因为那张旧报纸上登着房屋有奖储蓄开奖的消息,头奖号码:038388。

一年前,周自新想碰碰运气,拼拼凑凑花一百元钱在这家银行买了一张奖券,号码正是038388,他怎么会忘记呢?

周自新揉揉眼睛凑近些,一个字一个字地看,啊!竟一个数字也不错!他情不自禁地大叫一声:"中了,中了!"

课堂上,他这突如其来的一声惊叫,把大家都惊呆了,有个捣蛋鬼掩嘴一笑,脱口而出:"这家伙中邪了!"教室里一阵哄笑!

教导员被他这么一闹,也丈二和尚摸不着头脑,严厉地喝道:"周自新,你嚷什么?"

只见周自新又翻翻那张旧报纸,拾起地上的碎纸片,一看报纸日期,忽然脸色煞白,目光呆滞,"通"地一下坐了下来,像痴呆了一样。

有人在窃窃私语:"中风了,中风了!"

这时,周自新双手掩面,"哇"地一声哭了起来。

教导员走到他身边,关切地问他到底发生了什么事,周自新好不容易才止住了哭,指着那张一个多月前的旧报纸,哽噎道:"我中了头奖,可是过期作废了!"

教导员安慰他:"你家里不是还有个母亲吗? 说不定她已经替你领好了。"

周自新擦了擦眼泪,心里想:那张对奖券我放在抽屉里,没有告诉妈妈,妈妈年纪大了,要是她稍不留心……唉,反正只怪自己现在是……

这个周自新原来是待业在家的"阿混",后来结拜了"少林五兄弟",在街道里称王称霸。去年,就是因为隔壁宁波阿姨要在与他家隔山墙的地方搭个披,影响了他的走道,结果他把少林五兄弟叫来,动手就拆,宁波阿姨的儿子建刚出来阻拦,五兄弟大打出手,打得宁波阿姨和建刚头破血流。周自新就这样进了劳教所。

二中队的教导员把裁剪课上发生的事向领导作了汇报,领导上认为周自新自从进了劳教所,表现还不错,鉴于现在情况特殊,同意给他一天假期,回去看看,也许更有利于改造。

通知一到,周自新目瞪口呆,感激不尽,其他劳教人员也为他高兴,催促周自新快快上路,回家看看。

周自新换了一件便服,往光头上扣了一顶运动帽,飞也似的冲出大铁门,搭上公共汽车,一阵风地来到市区。

下车后,离车站不远,正是那家银行储蓄所,门口一幅醒目的宣传画,画面上一个笑吟吟的姑娘正在作介绍:欢迎大家参加有奖储蓄! 旁边斗大的字标着本次房屋有奖储蓄的中奖号码,头奖:038388。

那六个阿拉伯数字,仿佛正列队含笑迎接着周自新,他实在熬不住了,情不自禁地跨进银行,直奔兑奖处:"请问,房屋有奖储蓄的头等奖有人领过吗?"

服务员正忙着,闻声抬起头,奇怪地扫了他一眼:"都什么时候了? 早领走了!"

啊,周自新心里的一块石头总算落了地,也许妈妈真的把这件喜事给办了。他一边擦汗一边问:"那头等奖的房子在什么地方?"

"浦江新村五号楼602室。"

"谢谢、谢谢!"周自新拔脚就跑。哈哈! 浦江新村,他知道,就在他家棚户区附近,是个新建的居民点啊! 那里的房子结构新颖,造型美观,这下真是太高兴了!

周自新抑制不住内心的喜悦,直奔浦江新村,找到了五号楼,"噔噔噔"一口气奔上六楼,这时不知是跑得太急还是心里太激动,他喘着粗气,头上冒出汗来,他取下运动帽扇扇风,下意识地用手撸了下光头,这才想到,自己还是个劳教人员。不要紧,过一年出来,自己仍是一条汉子,一切从头开始,看我这个"阿混新传"！

他找到了 602 室。

咦,怎么大门没上锁? 他轻轻推门进去,见是一个小小的厨房,煤气灶、小水表都已安装齐全。啊,可怜的妈妈! 你当了一辈子清洁工,这下可以享享清福了。周自新又推开内房门,突然呆住了:室内装饰得富丽堂皇,天花板上悬挂着晶莹剔透的吊灯,墙上还有一对精致的壁灯,打蜡地板照得人眼花缭乱……周自新心里一阵热,大叫一声:"妈妈!"

听到叫声,阳台上走出来一位老人。

嗯? 怎么是个老头?

那老人手里拿把漆刷帚,见到周自新也一愣,问:"你找谁?"

周自新想:他肯定是妈妈请来帮忙的漆匠师傅。连忙自我介绍说:"老师傅,这套房子是房屋有奖储蓄的头等奖吧? 我就是中头奖的人呀!"

老人呵呵笑道:"主人? 小伙子,这里主人过三天就要当新郎倌了! 我会不认识? 你跑错人家了!"

周自新一愣,忙说:"老伯伯,我刚去银行问过,没错,我姓周……"

忽然,老人注意到周自新那青亮亮的光头,他马上收起了笑容,严肃地说:"不对,不对……别啰唆了,请你出去,不要弄脏了地板。"

周自新只好退了出来,不免有点扫兴,一颗心又忐忑不安起来:这是怎么回事? 还是赶紧回家去问问妈妈吧。

周自新离家快一年了,这儿是棚户区,早就说要拆迁,但"只听楼梯响,不见人下来",刚才去过的新工房与现在眼前的棚户区,简直是天壤之别。周自新来到这里,有一股说不出的滋味,他把帽子拉得低低的,怕被熟人瞧见。

来到弄堂口,咦,今天宁波阿姨的水果摊怎么没摆出来? 一想到宁波阿姨,周自新心头一颤:还好,今天没碰着,不然多尴尬。唉!要是自己争气点,不惹是生非的,也许早已分配工作了,现在害苦了妈妈。

周自新加快步伐,闪到自家门前,推开了木板门,屋里一股潮湿气味扑鼻而来。

"谁呀?"妈妈正倚在床上,轻轻地问。

周自新大步跨上前去,只见妈妈正在给自己打毛衣,心里一阵酸楚:"妈,是我,自新!"

周妈妈揉了揉眼睛,又惊又喜,一把拉住儿子的手。突然,又将他推开,问:"你、你怎么回来的?"

周自新知道妈妈是担心他逃出来,忙说:"妈,是领导上批准我回来的,我是回来领奖的。"

"领奖? 领什么奖?"妈妈高兴地问。

"妈,就是我们的房屋有奖储蓄中了头奖呀! 你不是已经领好了吗?"

谁知妈妈一下捂住了周自新的嘴,叫他小声点。

这一来,周自新被闹糊涂了:"怎么啦? 我们的奖券中了头奖,是正大光明的事,那张对奖券号码038388,就公布在银行门口。对了,那套中奖公房我已经去看过了,喔,我还碰到了那位漆匠老师傅,妈妈,是你请来的吧?"

"噢……嗯!"

周自新一听果然是妈妈办的这桩事,兴奋极了,索性坐在妈妈的床沿边,告诉妈妈自己现在在劳教所是怎样学手艺的,将来回来后,一定要自食其力,让妈妈住在新工房里享享福……

忽然,周自新发现妈妈只顾低着头打毛衣,嘴巴在笑,可是眼睛里的泪水却夺眶而出,"扑簌簌"地淌了下来。周自新鼻子一酸,轻轻地说:"妈妈,我对不起您,为了房子您大概又借了不少钱吧? 别急,将来等我……"

妈妈放下手里的毛线，一把抓住自新的手，哽噎着说："孩子，那张兑奖券，早就作为一百元钱，赔偿了宁波阿姨家的伤病费，那时妈妈实在拿不出钱来呀！开奖后，宁波阿姨倒是来报过喜，人家客气，咱不能当福气。再讲，建刚已经三十岁了，找着个女朋友也不容易，因为没有房子一直结不了婚，这几天听说正在筹备婚事，看来新房间已经弄好了。求求你，别再惹是生非了。"

妈妈的一席话，像当头一盆冷水，把周自新浇个透心凉！这意外的变故，使他晕头转向，一时不能自制，他歇斯底里地大叫："妈妈，你好糊涂！这奖券是我买的，是我做临时工攒的钱，中了奖，理应属于我的，不行，我去讲道理！怪不得……"

周自新想到那套新工房里老漆工师傅说的，房子的主人还有三天要当新郎了！好哇，上次为了房子，我进了班房，现在你们倒能搬新房，做新郎！周自新心里真不是滋味，头脑一发热，转身就要冲到隔壁去要那套房子。

周妈妈心里急啊！朝儿子大喝一声："回来！"

周自新猛然收住了脚步，他使劲咬住嘴唇，一阵钻心痛使他头脑清醒了。

妈妈怕他再冲出去，急忙伸手去拉他，却只拉住他的衣角。

只见老人家一面骂儿子，一面恼恨地捶打自己的双腿。周自新一掀被子，方才发现妈妈的双腿僵硬地平伸在床上。"啊！妈妈，你的腿怎么啦？"

妈妈说："高血压中风，已经瘫痪半年了！"

"那、那你怎么不写信告诉我？"

"还不是为了让你安心接受教养，争取减刑，能早点儿回来！"

妈妈告诉自新，自从她病倒后，全靠宁波阿姨一家不记前仇，常常过来照顾自己。妈妈动情地对自新说："所以，那张兑奖券你不要再去提它了，懂吗？"

　　周自新不忍再伤妈妈的心，再说自己眼下还在接受改造，有什么脸面去争房子呢？事到如今，也只能这样了。

　　周妈妈看自新平静下来了，心里的石头落了地，高兴地说："自新呀，这件事就到此为止了。今天你回来看看我也好，现在该安心回劳教所了，你现在就走吧。"

　　周自新望着妈妈额上那道道皱纹、头上的根根白发，实在于心不忍，说："妈妈，就让我给你做顿饭吧！"

　　"别、别耽误了回去的汽车，妈在家里很好，你就放心去吧！"

　　周自新点点头，只好告别妈妈，转身朝门口走去。

　　就在这时，走道里传来了脚步声，一个女人操一口道地的宁波话讲着："周师母，今天我来晚了，啊呀呀，儿子结婚，老娘忙煞！"随着讲话声，房门被推开了，胖乎乎的宁波阿姨差一点和周自新撞个满怀。

　　周自新立在门边有点尴尬。

　　那宁波阿姨先是一愣，后来马上笑眯眯地打招呼："喔，是自新，回来看妈妈的吧？半年多不见，人长得结实了。真巧，你建刚哥还有三天要当新郎了，等一会去拿两包喜糖，顺便去看看你建刚哥的新房。"

　　周自新一时语塞，不知说什么好。

　　周妈妈连忙接过话头说："恭喜你了！这几天你这样忙，还要过来照顾我！建刚新房间布置好了吗？以后建刚搬出去了，你的住房也可以宽敞些。"

　　宁波阿姨快嘴快舌地说："是呀，我家少了一个人，可是他丈母娘家要挤一挤了，搭了间搁楼当新房，我看看倒蛮好！"

　　周自新母子一听，有点丈二和尚摸不着头脑。

　　周妈妈忙问："那中奖的那套房子呢？"

　　宁波阿姨笑着说："自新，我知道，那张奖券是你们母子两人省吃俭用凑了钱买的，我们怎么能要那套房子？说实话，我原来想借来让儿子结婚先用，等你回来再还给你，可是建刚不肯。争了好久，所以一直没有去兑奖，直到快要过期了，我才去办了手续。考虑到你妈妈的行动不方便，我又自作主张把六楼换了套底楼的；再想想你出来后，学点手艺做做生意，总得有个职业吧，所以我又帮你调了套街面房子，等一会，我带你去看看，满意不满意……"

听到这里，周自新母子俩方才明白是这么回事。

周自新想起刚才自己误会了宁波阿姨的一番好意，心里十分难受，他再也忍不住了，眼泪水"刷刷刷"地流了下来。他一把握住宁波阿姨的手，说："好阿姨，这房子我不能要，你快叫建刚哥搬过去，你不说，我去说！"

宁波阿姨一听这话就笑了，她把一串金光闪闪的房门钥匙塞到自新手里，恳切地说："自新啊，阿姨能听见你这句话，就很高兴了，你建刚哥的脾气你是知道的。"

"不，不，"周自新那触着钥匙的手却像被烙铁烫了似的缩了回去，急叫着，"阿姨，你听我说，这房子应该归你！我，我对不起你！买奖券的一百元钱里，也有你的一份。我……经常在你的水果摊边转，我常常……今天拿一元，明天拿二元……唉，我惭愧呀！"

宁波阿姨激动地拉起周自新的手，说："自新，挺起腰杆来，你真的变了，看到你今天这个样子，阿姨比拿到房子还要高兴！这样吧，房子我先代你看管着，你妈暂时仍住这儿。等你回来，我帮你个体户开业！"

周自新擦擦眼泪，向妈妈和宁波阿姨深深一鞠躬，说："妈，保重，阿姨，谢谢你！我回去了。请相信我，一定争取早日回来见你们！"

（钱松华）

张大傻买老婆

　　八角寨有个叫张大福的,模样长得还端正,只是有点傻里傻气的,占便宜的事从来没有他的份,吃亏的事却十有八九离不开他,寨子里的人便叫他张大傻。八角寨,地处边远贫困的山区,山多人少,连绵数十里的大山中,只有一条鸡肠子似的小路,七扭八拐地伸向山外。所以,八角寨的穷是出了名的,穷得寨里的妹仔躲瘟疫似的往山外飞,山外的妹仔用大花轿也抬不进来。三十好几傻里傻气的张大傻,便一直打光棍。

　　却说这一天,张大傻听隔壁寨子的贵生讲,他们那里有钱就能买得到老婆。这话儿,听得他心痒痒的,火烧猴子屁股般,揣上从牙缝里抠出来的两千多块钱,来到了贵生的寨子。贵生真的给他当了介绍人,张大傻将两千块钱塞到一个尖嘴猴腮的外地人手中，就领了个三十多岁的外地女子，沿着弯弯曲曲的小路往寨里走。

一路上，那女子不跟张大傻讲一句话，只是呜呜咽咽地哭，哭得眼睛红红肿肿的。张大傻望着她那副悲伤的样子，老半天才想出一句安慰她的话来："大妹子……我是老实人，跟了我，不会欺负你的。"

女子不搭腔，还是一个劲地哭。

"你是我用两千块钱买来的，跟了我吧！"张大傻再也想不出用别的话来安慰她了，只好无可奈何地哀求她。

"大哥！"女子抬起泪眼，"求求你放了我吧，我有家有小，孩子还吃着奶呢。真的，不信你看……"说着，她就要动手撩开沾有乳汁的衣襟。

"别……别……"张大傻急忙将脸扭向一边，"放了你，两千块钱不是打水漂漂了吗？那是用血和汗换来的呀！"

"回去后，我变牛做马还你，行吗？"女子的眼中闪着希望的光。

张大傻窘着脸，嗫嗫嚅嚅地说："不怕妹子你笑话，钱还是小事，三十好几的人了，就是想……"女子听懂了他这句话的意思，感到没有希望了，泪水像断了线的珍珠，滚落下来。

就这样走走停停，停停走走，中午时分，他们来到了一个小村落旁，张大傻的家离这个村落还要走三十多里山路。

张大傻指着一家小店，对那女人说："进去吃点东西，填饱肚子再赶路，争取天黑前赶到家。"

女子抹了把泪水，道："大哥，我吃不下，你自个儿去吧。"

张大傻劝道："人是铁，饭是钢，千万不能饿伤了身子。"张大傻这时一点也不傻，嘴上这么劝，心里却在提防女子逃跑。

走到村前，张大傻瞅见一棵大榕树下围了一群人。他从小就好奇，便对女子说："去看看他们在凑什么热闹？"女子默默地跟着他,走近一看,是宰牛的。树根下绑着一头好大好大的黄母牛,四个蹄子朝天,头和背朝地,嘴巴被手指粗的麻绳捆得严严实实,从喉腔里硬挤出声音来,一声高一声低。离母牛十几步外,一头小牛犊卧在地上,对着母牛"哞哞"叫唤。

张大傻心里直嘀咕,这帮人真傻,牛是农家宝,他们也舍得宰?他瞥了那女子一眼,想催促她走,却见她痴痴地盯着牛犊发呆,一副心事重重的样子。

正在这个时候,一个五大三粗的黑脸汉子,赤裸着上身,提着一把寒光闪闪的牛角尖刀,杀气腾腾地走了过来。那头卧在地上的牛犊,猛地一跃而起,冲上去一口咬住黑脸汉子手中的尖刀,嘴里呜呜咽咽地悲鸣,眼中"吧嗒吧嗒"直掉泪。张大傻一怔,心头涌起一种异样的感觉,赶紧走开去。

"大哥,你救救它们母子俩吧!"跟上来的女子噙着泪请求他。

张大傻瞅了瞅女子,又瞅了瞅那两头牛,下意识地摸了摸腰包,无可奈何地摇了摇头。

女子又说:"我是有孩子的女人,知道母子分离的痛苦。你救了它们,我……我愿跟你过……"说着,两行热泪缓缓地从她的脸颊上淌下来。

张大傻心头一热,沉默了许久许久,才慢慢地从腰包里掏出几张钞票,说:"我就剩下这点钱了,救不了它们。"他停了停,吃力地咽下一口唾液,将钱重重地往女子手中一拍:"你拿去吧……"

女子愣了片刻,方才醒悟过来,"扑通"一声跪在地上:"好大哥!"

张大傻买了老婆又放走这件事,很快便传遍了八角寨,寨子里的人都笑他,白花了两千块钱,连女人味都没闻到,真是傻透了顶。他听了一言不发,只是摇头傻笑。

过了一些时日。一天黄昏,一个操外地口音的女子,风尘仆仆地找到了张大傻的家。这女子顶多二十出头,长得还挺水灵的,张大傻看了她半天,说:"我不认识你,你找错人了。"

姑娘说:"没错,是我表姐让我来的。"说完,姑娘的脸上泛起两团红晕。

这一下张大傻懵了,不解地问:"你表姐?她是谁?"

"就是你前些日子放走的那个女人呀!她夸你心肠好,让我……"姑娘羞羞答答地咽下了话尾。

张大傻这才记起了在宰牛树下放走那位买来的女子的事,他长长地叹了一声:"唉,将心比心,我也是从小没有娘的苦孩子啊!"

姑娘听了,动情地喊了声:"大哥!"

这时,寨里的人越聚越多,当他们弄清了事情的来龙去脉后,羡慕地说:"傻人也有傻人福啊!"

第二天清早,张大傻便领着那女子下了山。寨子里的人估摸着,他是该去买结婚用品了,不料过了好长好长时间,他却一个人孤单单地回来了。大家惊讶了,一个劲地追问。他闷了很久很久,才吐出这么一句话来:"那妹仔才十九岁呀!"

(翟展奇)

法 永 道 恒

心恶者,虽小必诛,意善过误虽大必赦,此先王所以立法之本也。

第二现场

　　柳家村治保主任柳阿毛，年龄四十出头，工作一丝不苟，有事没事总喜欢在村里兜兜。这天夜里九点敲过，阿毛兜了一圈没有发现异常情况，就准备取道回家，谁知刚走到公路旁边时，忽然发现前面有两个隐隐约约的人影，鬼鬼祟祟地朝公路旁的油菜田边走去，不一会就隐入了油菜沟中。

　　阿毛"呸"了一声，心里感到一阵厌恶。他对这类事情最反感，不知搭错了哪根神经，现在女的开放男的搞活竟开放搞活到农村来了！要过去，干这伤风败俗的事准得挨一顿批斗，现在却反而成了一种时髦！他决定走过去教训一顿这两个不知羞耻的狗男女。谁知还没走近，就看到那两个人影慌慌张张地跑了出来。

阿毛奇怪了。那两个人钻进油菜沟又立即出来，难道是闲得没事去寻死？那里面到底有什么秘密？他打开三节头电筒去看个究竟。

阿毛记着大概的方向，一条沟一条沟地照过去，终于发现有一条油菜沟横头地上脚印杂乱，油菜花黄灿灿地掉了一层，估计是这里了，就用电筒向里照进去。这一照，把阿毛吓得汗毛根根竖起，头皮阵阵发麻，双脚索索发抖，差点灵魂出窍！原来，一具头部血肉模糊的年轻女尸正躺在油菜沟里。

阿毛首先想到的是刚才看到的那两个人，急急忙忙进去、慌慌张张出来，会不会和尸体有关？但是如果那两个人是杀人凶手的话，为什么没听见被害者挣扎喊叫？杀人的速度又为什么这样快？阿毛照照地上，脚印杂乱，表面上好像有过一番搏斗，但尸体周围没有溅开的血迹，便断定这里不是杀人的第一现场，尸体是从别处搬过来藏在这儿的。

那么第一现场在哪里？凶手又为什么要杀人？是仇杀还是情杀？这一系列"为什么"搞得阿毛糊里糊涂。

正在这时，阿毛忽然看见女尸旁边有一样东西。拾起来一看，是一张身份证，仔细一看，阿毛惊得目瞪口呆，竟是村里青年阿三头的。

这阿三头没有固定职业，近一二年在做小贩，贩鱼贩虾贩水果贩香烟，除了人什么都贩，倒也发了一些财。有了钞票过不得，女朋友谈了一个又一个，听说最近又换了一个。会不会是这小子为女朋友的事情摆不平而杀了人？虽然事情还没有弄清楚，但是阿三头在现场留下了证据，是重大的杀人嫌疑犯。阿毛为村里出了凶杀大案而紧张不安。他想，现在的首要问题是先要把凶手或者说嫌疑犯抓获！

阿毛分析了一下，如果刚才那两个人影中一个确是阿三头的话，那么阿三头杀了人可能一下子还不会逃远，他很可能要潜回家做一下逃跑准备,现在到他家截获的希望很大。但如果报告公安局来抓人的话,也许阿三头早已不知逃哪儿去了。可是就他阿毛一个人去抓阿三头,那也十分困难,阿毛人既瘦又小,身单力薄,而阿三头横阔竖大,力气过人,又跟卖膏药师傅学过几下拳脚,加上刚杀人,肯定眼睛还红着,弄不好要狗急跳墙,他两个阿毛也不是阿三头的对手!阿毛否定了硬追的方案,决定智斗,于是开动脑子,对一个个方案实行优化组合,蓦地,居然想出了一个绝妙的计策!

当下,阿毛来到阿三头家。阿三头房间里灯光还亮着,阿毛按了一下藏着防身小刀的口袋,作了三下深呼吸,镇静了一下,然后上去敲门。

阿毛刚敲了两下,就听得阿三头在里面神经质地大声问:"谁?"声音十分慌张。

阿毛下意识地惊悸了一下,心想:还好,他还没有逃跑。便放松了一下情绪,回答说:"三弟,开开门,是我阿毛呀!"

里面静了一下,传出话来说:"啊,阿毛哥,什么事呀?我准备睡了,明天再说吧!"

阿毛不慌不忙地说:"你有个电话在村办公室里,是个女的打来的,说有急事找你,不知什么事。"

阿三头这才拉开了门,让阿毛进去。阿三头问:"是谁打来的?"

阿毛说:"她说你知道,说有急事,叫我一定帮帮忙,我就赶来叫你了。你要是……要是睡了我就去回掉,说找不到你好了。"

阿三头赶紧挡住说:"我去接,我去接。真麻烦你了。"

阿三头头一低,忽然有些惊慌地朝阿毛看看。阿毛见状眼梢一歪,也发现了阿三头衣袖上有些血迹,鞋上沾着泥和油菜花。但他赶忙装着不在意的样子把眼光移开,说:"三弟,生意不错吧？房里装饰得真气派！"

阿三头松了口气，说："马马虎虎！"

不一会，两人来到黑咕隆咚的一排房子前，阿毛用电筒照着，开了锁，推门进去。阿三头找开关，阿毛说外间的电灯坏了，电话在里间。阿毛又用电筒照着开里间的门锁，然后推开门，按了一下门框边的开关，里间的日光灯跳了几下后亮了。

阿毛侧过身子，边让阿三头进去边说："你去听吧，就在里面桌子上。"待阿三头一进去，阿毛马上拉上门，把还没拔出的钥匙在锁孔里反转了一下，把锁保险死，然后开亮外间的灯，跌坐到椅子上，浑身发抖，拎拎衣服，内衣早已湿透！

阿毛抖着手拿起了桌上的电话，开始拨派出所的号码。

阿三头在里间找不到电话，却发觉双保险门锁被阿毛在外间保上，马上感到了不妙，拍着门喊道："阿毛，你开什么玩笑，开开门，电话不在里间。"

阿毛在外间说："你别急，先在里面呆一会，让我先打个电话。"

阿三头平时精明透顶，一钿算出两钿来，今天却被阿毛骗了，心里十分光火。但他现在有火没处发，有力无处使，像一头困兽在里面团团打转。

阿毛对这个人质非常放心。里面那间办公室是水泥砌、水泥粉刷的厚厚的砖墙，门是厚厚的木板门，窗框上是密密的扁铁防盗栅子，阿三头就是变了鬼也无缝可钻，他阿毛可以放心地打电话向派出所报案。

这时，阿毛打通了派出所的电话："……我找韩所长。啊，韩所长吗？我是柳家村的柳阿毛，对对！韩所长，不好啦，我们村出凶杀案了……对，杀死了一个女青年……是谁不知道，尸首还在油菜沟里。不过，凶手给我抓住了，现在已经关在村办公室里，请你们赶快来……"

阿三头在里间吼了起来："操你妈的,阿毛,谁杀人啦? 你再胡说八道,当心我揍你! 说不定你自己杀了人又诬告别人! 快开门,让我出去!"

阿毛放下听筒说："阿三头,你别这样。我是有充分的证据的!"

"你放屁!"阿三头难听的粗话从门缝里源源不断地挤出来,"拿不出证据,当心你的脑袋! 我阿三头可不是好惹的!"

阿毛不慌不忙地提醒说："我说阿三头,火气先别大,你摸摸身上身份证还在不在? 再看看你的衣袖、你的鞋。"

里面的阿三头好一会没动静! 阿毛见阿三头闷住了,便得意地说："你的身份证丢在了女尸的身边,你怎么解释这事呢? 阿三头,你还是态度好一点,好好回想一下杀人经过,第一现场在哪儿,为什么要杀那女人,那女人又是谁。我了解你,你虽然有些缺点,但本质也是不怎么坏的。干出这样的事来,一定有什么苦衷,是迫不得已的。党的政策历来是坦白从宽,抗拒从严,顽抗到底,死路一条。"

阿三头一听又跳了起来："你给我闭嘴! 我告诉你,虽然我的身份证丢在那儿了,但我站得正,立得稳,我没有杀人。不错,我是去过那儿。但是我到那儿时,死人已经在那儿了。"

"那你去那儿干什么?"阿毛又咄咄逼人地问了一句。

阿三头被问住了。过了一会,他狠狠心道;"我索性全告诉你吧! 不然真的要跳进黄浦江也洗不清了!"

阿毛一听有苗头,马上喊道："慢!"忙去准备纸和笔,打算做好笔录,然后说："你说吧! 要详细一点。"

于是,阿三头把事情的经过说了一遍。

原来,阿三头最近新交了一个叫"二妹"的女朋友。今天晚上,两人先去文化站录像室看录像片,录像刚放了一半,阿三头就说："没劲,还是到外面去兜兜。"二妹心有灵犀一点通,马上

"嗯"了一声,跟阿三头站起来就走。这时是八点半。

两人在行人稀少,春风宜人的公路上边走边谈。走近通往村里的机耕路时,阿三头忽然抱住二妹往公路旁边的油菜田边走去,二妹半推半就地跟了过去。

来到油菜田边,两人又抱到了一起。退到油菜沟那儿时,二妹不知被脚下什么东西绊了一下,仰面跌了下去。阿三头手一松,也跌了下去。阿三头想:这下坏了,二妹不知跌痛了没有?便用手去拍了拍。但二妹没有反应。阿三头用力摇了几下,二妹仍然一动不动。阿三头以为二妹在撒娇,索性出奇不意地翻身骑了上去,忽然发觉不对,二妹脸上怎么冷冰冰又黏答答,不像是装出来的。阿三头心里慌了起来:二妹这是怎么了,一跤跌成了这副样子?阿三头赶紧掏出打火机,打亮后一看吓得灵魂出窍:原来身下那人不是二妹,而是一具头部血肉模糊的年轻女性尸体,二妹则滚在女尸的另一边。二妹借着打火机的光一看,也吓得半死。

阿三头拖了二妹就出来,浑身发抖,话也说不连贯。二妹抓住阿三头的手问:"怎、怎、怎么办?要不要报告公安局?"亲热亲出了只祸殃根,阿三头又惊又怕,想想不妙,牙齿打着架说:"不、不、不能。否则说不清楚。"

阿三头马上送二妹回家,然后自己回家睡觉。谁知心还没定下,就响起了阿毛的敲门声。他紧张得不得了,后来就信以为真有哪个女朋友打来的电话,糊里糊涂地跟阿毛来到村办公室,被阿毛关了起来。

阿三头在这段交代里把杀人责任推得一干二净,好像和那女尸浑身不搭界,阿毛哪里肯信,气得把笔一掼,纸一推,说:"阿三头啊阿三头,你这么顽固对你是没有好处的!虽然你编得很像,但我不是三岁孩子,不会轻易相信的。我不和你啰嗦,保护现场去了。你给我老老实实呆在这儿。你若畏罪逃跑的话,罪加一等，再说逃到天涯海角也逃不掉。"

阿三头愤愤地拍着门说："阿毛你不是人，我一本正经全说给你听了，你却不信。你一定要我说是我杀了人才信吗？你这混蛋！我要告你非法拘禁罪！"

阿毛不理他，带上了外间办公室的门，又用钥匙拧了双保险，然后保护现场去了。

阿毛快到公路那儿时，忽然发现一辆汽车停在第二现场附近，隐隐约约的车灯下，有几个人已经把女尸抬上了公路。阿毛脑子里忽然一片糊涂：难道阿三头真不是杀人凶手，而真正的杀人凶手现在来抢尸体毁罪证了？一件简简单单的凶杀案怎么会搞得这么复杂！此时此刻，阿毛的心里只有一个念头，就是保护好现场，保护好女尸，拖住凶手，坚持到公安人员赶到！

正当那几个人把女尸抬上汽车的时候，阿毛一个箭步跨过去，掏出那把防身的小刀，往汽车轮胎上狠命地戳了下去，只听得"气"的一声，汽车的一只轮胎瘪了下去。现在阿毛放心了，即便逃掉了和尚也留下了庙。

再讲那几个在抬尸体的人本来心情不好，忽然听到"气"的一声，车子往下一侧，不知怎么回事，以为碰见鬼了，待赶到车子旁边，才发现是有人在捣乱。

当下站出一个中年人来，揪住阿毛的衣服责问道："你为什么戳破轮胎？"

阿毛拼命一挣，有恃无恐地说："我要让你们逃不掉！"

那中年人被阿毛说得莫名其妙："什、什么逃不掉？你讲讲清楚！"

阿毛说："我早就发现了这里的凶杀案，正在追查凶手，想不到你们来抢死尸，自投罗网了。告诉你们，公安人员马上就要赶到了，你们还是老老实实地跟我去投案自首，争取宽大处理！"

那人说："你发什么神经！再胡搞，当心我揍你！什么凶杀案、杀人凶手! 她是我的堂妹!"

"什么?"阿毛一听,眼睛顷刻瞪得像鸡卵子。

原来今天傍晚,邻县出了车祸。一家村办厂下班时,有两名青年女工被一辆卡车撞倒。一起下班的人赶紧拦了辆汽车送伤员到上海医院。谁知一名女青年在路上断了气。这时,另一位女青年生命垂危,需要马上抢救,不可能调转车头把死者拉回去。

但是如果把死者也一起带到上海医院,那么死人只进不出,肯定运不回家了,得就地火化。而当地的风俗是死人一定要回家的。车上陪同去上海的一位,既是死者的堂兄,又是生命垂危者的亲戚,后来他想出了一个万全之计,就是把死者在油菜田沟里藏一藏,大家记住地形特征,汽车继续送另一位重伤员到上海去抢救,送到上海后汽车回来时再到这里把死者接回家。现在车子从上海出来,就是到这儿来接死者的。

阿毛一听是这么回事,差点昏倒,马上向大家道歉。忽然想到阿三头还被他关在村办公室里,说声"不好",跳起来就跑。他担心要真被阿三头告个非法拘禁,他可得吃不了兜着走。

(韩仁均)

打工妹回家

　　河南妹子李玉玲来广州一家餐馆打工已十个多月了。这天她接到家里来信，要她中秋节务必赶回家去，参加大哥李石憨的婚礼。

　　李玉玲今年19岁，她大哥已30好几了，一直打光棍，前不久她接家信得知哥哥已找到对象，当时心里一高兴，就把10个多月来攒下的3千元钱一分不留全寄了回去。可想不到哥哥这么快就要结婚，李玉玲现在回家连路费也没有，咋办？

　　她只得去向老板借钱。谁知老板不但不借，反而奚落了她一顿，急得她大哭一场。多亏一道打工的几个四川姐妹帮忙凑了200元钱，才使她得以启程。

　　由于归心似箭，李玉玲提着行李风风火火来到火车站。

因为快到中秋节,火车站售票处围得水泄不通。李玉玲先是在人群中挤了一通,又排了半个钟头的队,等排到售票窗口,一摸衣袋,钱没了。这下李玉玲傻了,俊俏的脸盘上汗水和着泪水一串串往下落,脑海里一片空白。

就在这时,过来一个戴着眼镜、面容和善的中年女人,她伸手摸了摸李玉玲的额头,操着四川口音问道:"小妹妹,怎么啦?病了吗?"

李玉玲平时和几个四川姐妹同住一室,时间一长,也习惯讲四川话了。现在见中年女人这么问,也顺口用四川话答道:"啥子哟,俺是个打工的,不知咋的,钱丢喽!"

中年女人忙说:"小妹妹,其实我是河南人,我爱人在漯河开了一家饭店,那里正缺少服务员,如果你不嫌弃,我可以介绍你去。你看行吗?"

"大姐,这,这……"

"啊,你别嫌漯河地盘小,它地处京广铁路线,被称为'内陆小香港',挣钱很容易。"中年女人热情地作了介绍。

这一来,李玉玲心头乐开了花,这实在是巧合,因为李玉玲的家就在离漯河市十公里远的一个小村上。她想:如果我随这位女人到漯河,也就等于到了家,等回家办完事,就在漯河打工挣钱,真是两全其美的事。

想到这里,李玉玲就想说明真相,却不料过来一个身材高大、手提密码箱的男子,对中年女人说:"再过十分钟火车就要开了,你还在这里磨蹭啥?"

中年女人连忙介绍了李玉玲的情况,又说了她自己的打算。

那男子打量一下玉玲,连连说:"可以,可以,就让她随咱们一块走吧。"

中年女人微笑着对李玉玲介绍说:"小妹妹,这就是我爱人。我们先到漯河,以后,我们会照顾你这位意外相遇的小妹妹的。"

　　李玉玲点点头，随着这对夫妻离开售票大厅。

　　上了火车，一切安顿下来，夫妻俩把一堆水果、食品塞到李玉玲手里，李玉玲感动得眼圈一热，鼻尖一酸，差点落下泪来。一路上，她几次想说出实情，可嘴张了几张，话又咽了回去，人家心肠那么好，自己却骗了人家，多不好意思啊。

　　就这样，不知不觉一天一夜过去了，最后，三个人在漯河火车站下了车。

　　出了车站广场，中年女人扬手叫来一辆出租车，对李玉玲说："小妹妹，广州一位朋友托我们捎了些东西，现在需要马上送去。路不远，一会儿就办完。如果你愿意，咱们一块去，顺便吃点饭。怎么样？"

　　李玉玲觉得主人如此热情随和，还有什么理由说不愿意呢？于是，随两人坐进出租车。

　　中年女人在司机耳边轻声嘀咕一阵，出租车开足马力，冲出市区。

　　出租车开了大约十多分钟，停了下来。三人下车，中年夫妻左右张望，李玉玲趁着月光望了望眼前的村庄，既兴奋又奇怪：哎呀，这不就是自己魂思梦牵的故乡老家村庄吗？

　　这时，一个黑乎乎的人影走近中年夫妇，悄悄说了几句，然后把一包东西塞给他们。

　　他们坐进出租车，小车启动要走，李玉玲上前朝车窗里问："大姐，你们这是……"

　　"啊，我们还有点事，你在这里稍等片刻，我们去去就来。"说完，出租车就像一只野兔，飞也似的跑了。

　　那个黑乎乎的人影三步并作两步窜上前，一把扭住李玉玲的胳膊，用苍老而沉闷的声音说："闺女，你是我大侄子花五千块买来的媳妇，如今就认了吧！"

　　"这、这……"李玉玲如梦初醒，正要挣扎，突然，她一下子抱住黑影失声叫道,"二叔,我是你的小侄女玉玲啊!"

"什么?"黑影猛地推开玉玲,借着月光仔细一看,气得火冒三丈,蹦起来冲着出租车的方向高声怒骂:"我操他娘……千刀万剐的人贩子不得好死……"骂着,失魂落魄地朝村里跑去。

片刻,村里闻讯跑出一群打着灯笼火把的乡亲们,李玉玲的爹、娘、大哥李石憨也在其中。

玉玲爹又气又悔,捶胸顿足:"报应啊,我不该花5千块钱给儿子买老婆,这下全完了,闺女从广州寄回的3千块,还有东借西借的2千块,全喂王八啦……"

原来,李石憨的对象就在快要成亲的当口突然随人跑了,爹为安慰儿子,就托人为石憨买个媳妇。想不到花了5千块,把自己女儿给买回来了。

(刘金涛)

情敌

　　鞠素云是百货公司有名的美人儿,最近谈了个对象,是县工商局的罗毕成,小伙子今年二十八岁,长得英俊潇洒。

　　这一天,两人约好晚上7点看电影,下午站柜台的时候,鞠素云不停地看表,总觉得时间过得好慢!

　　离下班还有30分钟的时候,柜台边来了两位穿着入时的年轻女子,她们在柜台前转来转去,并不买货,只拿眼偷偷瞟她。其中一个女子身材细挑,容貌姣好,皮肤稍黑,长得妩媚动人。

　　鞠素云的目光与她不期相撞,这时,黑姑娘终于开口了:"请问,你是不是叫鞠素云?"

　　鞠素云微微一怔:"是啊,你怎么知道?"

　　黑姑娘仔细盯着她,小嘴微张,良久不语,好半天才掩饰道:

"哦,没什么。"

她转身拽拽另一个姑娘,款款走出了商店,把个鞠素云弄得莫名其妙。

下班后,鞠素云匆匆吃罢饭,精心梳妆打扮一番,不到 6 点45 分,就来到电影院门口等着。

来看电影的人真多,一对对年轻情侣挽手而过,谈笑风生。时间一分钟一分钟地过去。罗毕成还没来。鞠素云真急死了,抬手看看表,已 7 点过 20 分,还看个鬼电影!

鞠素云好生懊恼。但一想,也许他被什么事儿缠住了呢,我不妨去撞撞他。

来到工商局门口,鞠素云一下子没了主意。这是她第一次来这里,罗毕成在哪儿,她还不知道呢。

正踌躇着,忽见一女子拎着小包,迎面走来,她上前问道:"同志,请问……"下面的话没出口,她就愣住了:这不是下午见过的那个俏丽的黑姑娘么?

黑姑娘显然也认出了她,酸溜溜地说:"你是来找罗毕成的,对不对?"说完,头也不回地走了。

鞠素云愣住了,心里好不是滋味:这女子是谁? 难道她爱过或者正在爱着罗毕成? 那么说,我的面前又冷不丁钻出一个情敌来了?

鞠素云不敢再想下去,急忙朝里走去,问了几个人,才找到工商局后院单人宿舍。

她敲开门,不禁大吃一惊:房里麻将声嘈嘈,烟雾腾腾,不多不少,连罗毕成一共四个人,正围着方桌在"扳砖头"。

鞠素云与这些人初次见面,不好发作,倒是罗毕成满脸通红,连忙站起身来,结结巴巴地说:"真、真对不起……"

话没说完,旁边三人便接上了腔:"哎呀,这事要怪我们!""小罗是死活不肯玩麻将,说你们有个约会,是我们几个瘾儿上来了，就，嘻嘻……"

鞠素云是个开通的姑娘，她嫣然一笑："没关系，你们玩，我不打搅了。"说罢，强装无事地退了出来，心里却不是个滋味。

第二天一早，罗毕成就赶过来赔礼："昨晚真对不住你。我本对那玩意儿不感兴趣，可我们殷副局长硬要我陪他玩几圈。你知道，如今的事儿就是那么个道道，蛮正经的事儿，不在麻将桌上办不成。今后，我们还有求于殷副局长，比如说，我们俩结婚住的房子……"

鞠素云嗔他一眼："是的，就你理儿多！"其实心里的气早没了，身子稍稍朝他那边一倾，那罗毕成鬼精，就势一拉，把个鞠素云整个儿地搂在了怀里。

没过多久，罗毕成真的分到一套两室一厅的房子。

这天晚饭后，鞠素云与罗毕成做搬迁准备，两人分工，罗毕成收拾新房，鞠素云清理旧物。

罗毕成的东西并不多，只是一只书柜里面的书很多，很杂。鞠素云把书一本本摞好、打捆，以便好搬。

正清理着，忽然"哐当"一声，从书本里掉下一样东西。她低头一看，原来是一个连拉链都生了锈的小手提包。她捡起手提包，拉开拉链，里面现出一个红色的小绒布包，把红绒布一层层剥开，里面的东西使她大吃一惊，原来是半把锃亮锋利的剪刀！

也许是夜里，又只有她一人，所以，这亮晃晃的剪刀使她特别害怕。罗毕成收藏这玩意儿干吗？如果有用，为何只有半把？既然只有半把，又为何如此精心地收藏着？鞠素云越想越不对头，越想越害怕。

正在这时，门外走廊上响起了"咔嚓、咔嚓"沉重的脚步声：一定是罗毕成回来了！鞠素云慌忙将那半把剪刀包好，塞进提包。

这时，脚步声在门口戛然止住。鞠素云抬起惊恐万状的眼睛,朝门外一看,差点吓得叫出声来:又是那个黑姑娘!

黑姑娘瞪着一双吓人的大眼,披头散发,像个恶魔。"怎么,要搬家了吗?"黑姑娘的声音阴沉沉、冷冰冰。

鞠素云简直有些手足无措、魂不附体了。这姑娘究竟是鬼还是人?

还没待她转过神来,黑姑娘已不知何时飘然离去。

这时候,罗毕成进来了。他见鞠素云神色不对头,便问:"素云,你怎么啦?"

鞠素云道:"没什么,有点头晕。"

罗毕成心疼地说:"一定是累了。来,我送你回去。"

鞠素云摇摇头:"不了,你忙着吧,我想一个人安静会儿。"

鞠素云走后,罗毕成陷入了困惑之中:她刚才的情绪好像不对头。难道是我什么事儿得罪了她? 猛地,他的目光落在书柜里那个小手提包上。再仔细一瞧,不由得冷汗直冒:那提包好像被动过了! 他忙拉开拉链,剪刀还在,罗毕成这才稍微放了点心。

正在这时,窗口外探出一个脑袋来:"小罗,发什么呆哪?"

罗毕成听声音就知道是殷副局长:"局长,这个时候您……"

"来两圈,怎么样?"

"哎呀,只是……"

"早着呢! 保准抹不到天亮。"

罗毕成迟疑片刻,才说:"好,我就来。"

再说鞠素云神志恍惚地走出院门,此刻夜深人静,四下里传来"嗡嗡"的电视声和"嚯嚯"的麻将声。她脑中的一团疑结总解不开:那个不知姓名的黑姑娘,那神秘的半把剪刀! 这到底是怎么回事呢? 难道罗毕成真有什么事瞒着我?

鞠素云正恍惚间,蓦然一个声音在她耳边响起:"你终于来了!"鞠素云抬头一看,心里一跳:又是那个黑姑娘!

"我等你多时了。"黑姑娘说话的时候,火一样的目光在幽暗的路灯下一闪一闪。

鞠素云竭力稳住神,大着胆子问:"你找我究竟有什么事?"

"我觉得我有责任告诉你,你不能跟罗毕成恋爱!"

鞠素云心里渐渐平静了些,现在至少可以明白,站在她面前的是一个活生生的人。

"为什么呢?"

"因为,他是有恋人的人!"黑姑娘说着话,把脸扭向一边,看得出她内心十分痛苦。

果然是情敌!鞠素云心里明白了,不由挑战似的问:"那么,他有没有选择自己恋人的权力呢?"

"不!"黑姑娘尖声叫了起来,"他没有这个权力!那个姑娘为他献出了宝贵的一切,他怎么可以不爱她呢?"

一时间,鞠素云心里翻腾开了。但此刻她又太爱罗毕成了,所以强忍住心中的烦恼,好心地劝道:"还是想开些吧,爱情这东西,不能勉强的……"

"你说什么?"黑姑娘瞪大双眼,"你是说我?你以为我是为我?不!是另一个姑娘,一个苦命的姑娘!"说到这里,她忍不住用双手掩住脸,哭泣着跑开了。

黑姑娘的话使鞠素云心中受到巨大的震动,竟几天没跟罗毕成会面。她开始恨罗毕成,爱情是不该有隐瞒的,可他分明还有什么东西瞒着自己!

罗毕成得知鞠素云几天没上班,便上门来找她。一见面,不禁吃了一惊,几天不见,鞠素云瘦了好多!"你病了?"他说着话,就想用手去摸对方的额头。

不料,鞠素云一掌将他的手打开。

罗毕成又是一惊,轻声问:"你到底怎么啦?"

鞠素云劈头盖脸甩过一句话:"你欺骗了我!你分明还爱着

别人!"

罗毕成顿时涨红了脸:"你、你这是从何说起?"

鞠素云见他还说鬼话,便把那夜见到黑姑娘的情形说了一遍。她本以为,罗毕成听到这些,会竭力辩解一番,但没想到,罗毕成像霜打的叶子一样,一下子跌坐在床沿上,躬着腰,脑袋扎入两胯之间,一副痛苦不堪的样子。

半晌,罗毕成才慢吞吞地说:"是的,素云,我骗了你。这事本该早些告诉你,可我,我……唉,现在我实说吧。我确实爱过一个姑娘,她叫杨小娟,是县粮管所的出纳员。你见到的那个姑娘,是她的胞妹杨小雅。起初,我们是非常相爱的,我们都发誓,要相互恩爱,白头到老。可是……"说到这里,他抽泣起来。

鞠素云瞟了他一眼,发觉他的眼圈有些发潮,心里的气消了大半。

罗毕成掏出手绢,擦了擦眼睛:"没想到,有一天,人们忽然告诉我,杨小娟被公安机关逮捕了,罪名是贪污。我当时就……就懵了!我只知道,小娟她爱虚荣,讲阔气,却没料到,她为了筹办嫁妆,居然手脚不干不净,走上了犯罪的道路……"

窗外,淅淅沥沥的夜雨拍打着梧桐叶,随着罗毕成的叙说,鞠素云的心就像掉进一个可怕的深潭。

"我为这事痛哭过好几次。小娟坐牢房后,好多人劝我,这样的坏女子你还等着她做什么?甩了得啦!可我不忍心。毕竟,我们曾深深地相爱过啊!但是,我面临的压力与日俱增,特别是我父母,寻死觅活不准我再爱杨小娟,不然就跟我没完。我有什么办法呢?回过头来一想,也是,既然杨小娟用她的劣迹玷辱了我们的爱情,那我还有什么可留恋的呢?于是,我便狠心与她一刀两断了。后来,就结识了你……事情经过,就是这样。"

鞠素云耐心听罗毕成讲完,气早已消失得一干二净。不禁为自己的多疑害臊起来,她温情脉脉地说:"讲清楚了,也就算了。我相信你。"说着,抢过罗毕成手中的手绢,温柔地抹去他脸上的泪珠。

自从经历了那一次考验,鞠素云对罗毕成感情日笃,纵然雷劈电轰,怕也拆不开他们了。

可偏偏好事多磨。正当他们紧锣密鼓地筹划着办喜事的时候,鞠素云又忽然接到一个电话。她拿起话筒一听,是一个女人的声音:"你是鞠素云吗?"

"是啊,你是谁?"

"你不用问!"对方口气好凶,"听说你和那姓罗的要结婚了。"

鞠素云心里来了气,强硬地说:"是的,又怎么样! 你到底是谁?"

"我叫杨小娟,可能罗毕成跟你说过了吧? 我刑满释放了! 嘿嘿,姓罗的想得倒美! ……"说着,不由得放声大哭起来。

鞠素云一时间不知所措,手拿话筒,不知该说什么才好。

这时,对方又说话了:"鞠素云,我希望和你面谈。"

"对不起,我没时间!"

"你害怕了? 跟你说,即使你躲我,我也总会找到你!"

面对对方的挑战,鞠素云反而冷静下来,她想:我和罗毕成真诚相爱,正大光明,我为什么要怕你?

于是,她把心一横,镇定地说:"好吧,我恭候! 说吧,什么时间?"

"明天上午九点,就在你家里!"啪,电话挂上了。

第二天一大早,鞠素云就在家等着,等候着情敌的到来。"咚咚咚"门敲响了,鞠素云抬手看看表,正九点。她的心突然"怦怦怦"地乱跳起来。对情敌,到底是笑脸相迎,还是怒目痛斥,鞠素云一时没了主意,她真后悔,为何不让罗毕成来陪陪自己。

"咚咚咚"又是一阵敲门声,鞠素云终于抑制住内心的慌乱,向门口走去。

门开了,只见来客拎着小提包,一动不动地站在门口,宛如一座冰雕。

鞠素云不免有些意外:"怎么,是你?"

"是的,"来人竟是黑姑娘,她面如铁板,毫无表情地说,"我姐姐不能来了,她让我把这个交给你。"说罢,递过手中的小提包,转身匆匆而去。

鞠素云鼓了一肚子劲,没想到是这么个结局,不禁有几分失望。她打开小提包,里面是一个红色的小绒布包,解开红绒布,"哐当"一声从里面掉出一件东西,她从地上捡起来一看,竟是半把锃亮的剪刀!

跟罗毕成所藏的那半把正好配对。

鞠素云心里一紧张,头上直冒汗珠。她再朝手提包里一摸,摸出一封信,打开一看,上面写着:

鞠素云:

我不能如约前来了。

也许在你的眼中,我是一个卑劣的女子,一个可耻的囚犯。可我的委屈又有谁知道呢?我是怎样落到这一步的?全是为了他呀!

罗毕成原在粮店工作,他看上我后,不分黑天白夜盯着我。当时我还存有戒心。他急了,有一天,他忽然手持一把崭新的长剪刀,用力掰开,递给我半把,说:"小娟,如果你同意的话,我们就以这剪刀为誓,今后谁若负心,就捅死谁!"我感于他的真诚,就答应了他。于是,这半把剪刀便成为我们相爱的信物。

可我们相处不久，我便发现他有一个致命的弱点：嗜赌。见了麻将，他可以一连搓上三天三夜。

有一天，他惊慌失措地跑到我房间，哭着对我说："小娟，我完了，完了！"我问他怎么回事，他说，他输了钱，把国家征收粮食的八千元款子给赔上了。

当时我气愤至极，狠狠地打了他一巴掌！可我当时却让爱热昏了头，心想：这事要捅破了，他是要坐牢的呀！为了爱情，我终于做了傻事，从我掌管的粮店保险箱里抽出八千元，给他补了这个豁口。我呢，就用伪造发票、收款不入账等办法补缺口。

当然，这事儿很快就被人发现了，于是我被戴上了手铐。我死也没有招出我贪污公款的真相，只是一口咬定是因为缺钱办嫁妆而起的歹念。罗毕成保住了名誉和前程，而我却被判刑三年！

素云姑娘，这三年的铁窗生活我是怎么度过来的呀！白天，我没命地干活；夜里，就望着窗外出神。好不容易挨到刑满出狱这一天，可万没料到，等着我的竟是罗毕成抛弃了我……我的心碎了，我的肺气炸了！难道我受尽千磨万难，期待的就是这么个结局么？

是的，这时候我首先想到的就是杀死他，然后再找你算账！

可经过一夜痛苦的思考，我放弃了报复的念头。我何苦为了这么一个卑劣的小人，又去做一次牺牲品呢？我已经错了一次，而且为此付出了巨大的代价，我不能再错第二次了！

祝你幸福！

杨小娟泣笔

鞠素云看完这信,脑袋顿时木了,两行泪水不知不觉淌了下来。

正在这时,外面传来亲热的招呼声:"素云!"只见罗毕成神采飞扬地走了进来,他的衣着、发型显然经过一番精心的修饰,漂亮的外表显得更加英俊。他是按照约定的时间,偕同鞠素云去打结婚证的。

鞠素云面色苍白,两只眼睛直直地盯着他,隆起的胸脯剧烈地起伏着……终于,愤怒使她忍不住像火山爆发似的发作起来:"骗子!恶棍!""啪、啪"罗毕成脸上挨了两巴掌,鞠素云哭喊着跑出了房间。

罗毕成站在那里不知所措,他的目光落在那张被泪水打湿的信笺上,一行行熟悉的字迹顿时扑入眼帘。终于他两眼一黑,"扑通"一声倒在地上。

(钟清平)

节外生枝

张珊妹和李开田新婚十月,珊妹怀孕,临近产期只半个月了。两人即将当爸妈,开心呀!

恰巧就在这时,李开田厂工会要安排他去厦门疗养一周。李开田想:珊妹反正还有半个月才生产,机会难得,就去了厦门。谁知他刚离家三天,张珊妹就提前生了!

产房里,小生命呱呱坠地。迷糊中,张珊妹听到一个声音:"男的噢。"这声"男的"使她欣慰,令她兴奋:呀!终于生了个大胖儿子了,三代单传的李家有了传宗接代的人了!自己的身价也提高了。产后的张珊妹顿时沉浸在幸福甜蜜之中。

新生儿要吮吸母奶。张珊妹喜滋滋地从护士手中接过婴儿,先在小宝贝那红扑扑的小脸上亲了亲,然后把乳头塞进他的小嘴里。谁知此时婴儿突然"哇哇"大哭起来,张珊妹以为有什么尖硬东西刺痛了婴儿,忙松开褟褓,一看,呀!怎么是个女孩?惊得她高声叫道:"护士,护士,小孩调错了!"

调错婴儿是件大事。护士赶紧接过孩子,看手牌,对记录,验脚印,查对下来,对张珊妹说:"同志,没错,没错,这小孩是你生的。"

"不对!昨天,我明明听到说是男的,今天你们给我女的,调错了,这孩子不是我的,我不要!"张珊妹把孩子一推,拒绝喂奶。

张珊妹拒绝喂奶,护士忙向主任医生汇报。主任医生姓王,正好是为张珊妹接生的当班医生,她向张珊妹解释道:"张珊妹同志,昨天是我亲手为你接生的,清清楚楚是个女孩,是不是你错听了人家的报告?昨天和你差不多时间生产的是13床,13床生的是男孩。要不,我昨天说了声'囡',你听成了男的?""不!我听得清清楚楚是男的,是你们调错了!"

张珊妹生养后的第三天,李开田回来了。张珊妹见到丈夫,流着眼泪诉说了一切,李开田向院方交涉,王主任向他详细介绍了情况,一再申明,没有调错。双方各执一词,李开田不知谁对谁错,夫妻俩一商量,当即出了医院。随后,张珊妹一只电话打到医院,说:"你们不调还儿子,我将法律起诉!"

医院接到电话后,经研究决定,请公安局法医作亲子鉴定,公安局立即派出有丰富办案经验的女法医周敏去澄清事实。

周敏来到医院,听了院方介绍,又验看了原始记录,决定由院方请张珊妹和李开田来院抽血验证。王主任向李开田、张珊妹说明了情况,李开田当场答应,张珊妹却拒绝验血。王主任无奈,只抽了李开田一人的血样。

周法医化验后,得出的结论是:女婴与李开田无血缘关系,遗传基因绝不相通。如此结果,使医院惊诧不已。

周法医感到事情非常奇怪,是医院害怕有损名誉怕担责任而不敢承认呢,还是另有原因? 她建议医院再次请李开田、张珊妹来院抽血化验,并且还要13床夫妇和孩子来院提供血液,以使事情"水落石出"。

李开田、张珊妹被再次请进医院,当张珊妹听说女婴与李开田血缘不通,更咬定医院调错了婴儿不肯承认错误。王主任一时无话可对,只得再次要求张珊妹协助,提供血样。这次张珊妹认为验血对自己有利,她同意了。

第二次验血结果更加令人惊异:女婴的血缘和李开田丝毫不通,却与13床男婴父亲基因吻合;女婴与13床男婴母亲无干,同张珊妹相通;男婴的血缘和13床父母对拢。化验证明,女婴是张珊妹的孩子,婴儿没有调错。

如此结果,连从医多年的王主任也被弄迷糊了。她问周法医,到底是怎么回事。周法医淡淡一笑:"这,您想一想就明白了。"经周法医一点拨,王主任明白了。但她又怀疑地问周法医:"这张珊妹的孩子怎么会和13床的男的搭界呢? 她住院时丝毫没有与这男子有任何相识的表现啊?"

女婴没有搞错,但孩子不是李开田的,这里边的奥秘只有张珊妹清楚。解铃还须系铃人,要张珊妹领回女婴,也只有由她自己澄清事实。

张珊妹被请进医院僻静的小间,她今天很高兴,也很自信,她想:今天准是院方请公安人员出面,准备承认错误、赔礼道歉了。她想,我得严辞批评他们,促进医院改变这种不负责任的作风。

谁知出乎张珊妹意料的是,她进屋坐定后,周法医开口就说:"张珊妹同志,我想问你一个问题,希望你能如实明说,要讲真话。"

张珊妹见周法医如此问话,心里老大不悦,没好气地说:"我从来不说假话,要问就问吧!"

"那好。"周法医接过话头,话锋一转,单刀直入地说,"张珊妹同志,我要告诉你,女婴是你的亲生,你是孩子的母亲!"

"什么?"一听这话,张珊妹如五雷击顶,顿时感到一阵阵翻肠绞肚的难过,她稍作镇定后,"霍"地站起身来,愤愤地吼道:"你们欺人太甚,我要上诉!"吼毕,就要迈步离开。

"慢!"周法医把她按在座位上说,"张珊妹同志,不要激动,小孩的血缘和你相通,这是事实,这是科学作出的结论,你我都得尊重。孩子绝对没有调错,请你相信,正因为如此,所以我找你单独交谈,目的是解决矛盾,希望你能克制,并协助还大家一个事情的真相。"

周法医话语非常恳切,张珊妹听后反倒一时摸不透什么用意,她不解地问:"协助,要我作什么样的协助?"

"很简单,我想请你说说,你婚前有没有和其他男性有过非正常的接触?"

张珊妹几乎要跳起来,脸涨得血红,呼吸一下变粗。这时周法医却又不容置辩地说:"请你不要冲动,不要发火,事实告诉我们,你婚前有过类似行为,不必自欺欺人,我们只是为了眼前矛盾,决不追究过去的一切,说出来,我们绝对保密,请你信任。"

周法医这番话说得很轻,也很和缓,但这话到后来却似利剑一样,直刺张珊妹的心窝。顷刻间,张珊妹浑身颤抖,泪如雨下,一件使她最不愿回想却又无法彻底忘怀的痛心事件,重又显现在她的眼前。

那是张珊妹与李开田举办婚礼五天前的晚上,张珊妹中班下班,去未来的新居,想去看看李开田布置得是否合意,谁知路过一建筑工地时,横里窜出一条黑影,那黑影在身后用尖刀顶着她的腰部,逼她走进刚完工的一幢工房。突如其来的袭击,把张珊妹吓得魂不附体,失去了反抗和喊叫的能力,就这样,她被侮辱了。

周法医听完张珊妹的叙述,关切地问:"事后没有报警?"

"没有。我临近结婚,怕张扬开去,招致难以预料的遭遇,也未向父母、亲人吐露过一句,只想自己吞下这难咽的苦果,带着遗憾度此一生,谁知会因此种下祸根。"

周法医非常同情张珊妹的不幸遭遇,又爱怜又责备地说:"珊妹同志,你这样做,既放纵了罪犯,又祸害着自身和他人。你是否记得罪犯的特征、容貌、长相、口音?"

"我当时吓昏了。没有听到他说话,也没有看清他的容貌。"

"仔细想想。"

张珊妹静想了一阵,说:"这人右手上好像有个疤痕。"

"噢!好吧,破案的事,由我们公安部门负责,关于孩子的问题,如何处理,请郑重考虑。"

小孩问题,水落石出,医院没有责任。

张珊妹迈着沉重的步伐,回到家里,经再三考虑并作好最坏打算,决定向丈夫坦诚相告。

李开田下班踏进家门,就问医院谈话结果,张珊妹抑制不住内心的痛苦,一下子像黄河缺口那样号啕大哭。经李开田再三劝慰,张珊妹方才止住了哭声,抽抽噎噎地向他诉说了一切。李开田非常平静地听着张珊妹的叙述,最后,张珊妹说道:"开田,我对不起你,我也配不上你……"

"不!珊妹,你没有错,你是受害者,你千万别胡思乱想……"说着,李开田把张珊妹紧紧搂在怀里。

张珊妹感动得热泪滚滚,仰脸问道:"孩子怎么办?"

"接回来呀!"

"可、可她不是你的亲生。"

"她是你的亲生,你的亲生,就是我的亲生,孩子是无罪的。"

"她是女的。"

"女的,男的,都是社会的,都是祖国的花朵,都是未来的接班人呀!"

"哇!"张珊妹听到这里,禁不住放声大哭……

（赵克忠）

死亡通行证

　　陵峡县监狱的一间死囚牢房里，有个判了死刑的罪犯。这个犯人是个如花似玉、楚楚动人的女人，她叫屈秀秀，今年二十五岁，家住本县大峡村。这女人培育香菌木耳发了家，成了一方小有名气的女能人，可是两个月前，她却因谋杀亲夫罪被捕，并且于昨天接到死刑判决书。

　　屈秀秀自从昨天在中级法院下达的死刑判决书上画押之后，便似梦非梦、神不守舍了。虽然法定有三天上诉期，可她却恍兮惚兮，糊里糊涂地过了一夜，再过四十八个小时，她这个水灵灵的年轻女子就要去阴曹地府了。

　　这时，东方已经发白，一束刺眼光亮，透过铁窗，射到了她那像纸一样苍白的脸上。她微微睁了一下那呆滞无神的眼睛，随即又紧紧地闭上。她像一只受惊后假死的小甲虫,蜷缩在牢房的角落里,又昏昏糊糊、似睡非睡了。

忽然,她仿佛听到牢门"咣当"一声打开了,接着有人大步走了进来,除下她的手铐,拿出绳子把她紧紧地反绑着推出监房,拉上囚车。随后,警笛发出尖厉的长啸,囚车在盘山公路上飞驰,透骨的峡风钻进车内,把她从蒙眬中刺醒。

她顿时明白过来,这是回家的路,也是一条奔赴黄泉之路。这里枪毙人有个习惯,一般是在犯人犯罪的地方行刑。她即将告别她家乡的父老乡亲,告别这个世界,她手脚发麻了,心脏跳动开始加速了……

陡然她觉得车身猛烈地震动起来,她吃力地睁开双眼,绝望地望着车窗外的橘林、山崖、农舍,这是多么熟悉的地方啊! 她心里一阵剧烈地战栗:家乡快到了,死期也快到了! 她索性放眼一望,对岸云雾中的山峰匆匆闪过,这峰峰岭岭在她蹦跶蹦跶的心中,就像一个个人生的感叹号。不,是一个个生命的大问号!

一声沉闷的枪声,屈秀秀应声闭上双目,嘴啃黄泥,停止了呼吸。可是,她没有流血,也不觉得疼痛! 她下意识地晃动晃动自己的身子,手上的镣铐还在"叮当叮当"作响。她睁眼一看,自己依然蜷缩在监房的角落里。原来这是一场噩梦。

屈秀秀舒了一口闷气,然后松松筋骨,挪挪身子。铁镣依然发出"叮当叮当"的响声,她还活着。但是,她明白,在这个世界上,她存在的时间不多了。

自被捕两个月以来,在这六十个日日夜夜中,她都在傻想着,期盼着。可眼下,她什么也不想了,什么也不盼了。严酷的现实告诉她,一切都是枉费心机! 她感到疲惫不堪,又慢慢地闭上了双眼……

突然,牢房的铁门"哗啦"打开了,一个看守低沉地喊道:"屈秀秀,快起来!"

屈秀秀一听这喊声,惊得一骨碌爬起来,脑子里立即闪过一个念头:莫非自己已迷迷糊糊地挨过了三天,眼下,自己最后的时辰到了?

然而,看守并没有把她带回家乡处决,而是把她带进审讯室。

一进审讯室,她机械地在凳子上坐下来,僵硬地低着头,失神地凝视着地面。

一会,她听到一声"你叫什么名字"的问话,这才缓缓地抬起头,看见对面桌边坐着三个完全陌生的办案人。

屈秀秀如同一切濒于绝境中的罪犯一样,对任何异常现象总是极敏感的。她一见这三个陌生的办案人,立即产生一种奇特的感应,心里不由嘀咕道:怎么原来的审案人员一个也没到场? 难道案子有什么变化?

其实,屈秀秀不懂法律程序。按法律规定,死刑执行之前,必须由人民法院死刑复核部门对案情进行最后审核,在确认无误之后,才能处决。所以有人说这种工作是给下地狱的人发放通行证的。眼下,屈秀秀的案子已到了生与死的最后一关——死刑复核。

复核屈秀秀死刑案的负责人叫方舟,五十上下。这时他闪着犀利的眼神在捕捉对方的每个细小的动作,借以洞悉案犯的心态。他从屈秀秀的脸色和绝望的眼神中,便已猜中她只求速死的心理,知道要撬开她的嘴巴并非易事。于是,他再次发问:"你叫什么名字?"

他见屈秀秀依然低着头,眉不动,嘴不张,只得直呼其名:"屈秀秀! 你已在死刑判决书上划了押,现在还有什么话要说吗?"

屈秀秀听到"死刑判决书上划了押"这话时,陡然感到魂飞魄散,人像被抽去了脊梁骨一样,软软地缩成一团,哪还开得了口?

为了打消对方的对抗心态,使罪犯"死而无怨",方舟有意把口气放缓和一些,坦诚地告诫说:"我们负责复核你的案件,和你作最后一次谈话,如果你有什么不服之处,希望你提供真实情况。"

屈秀秀似乎明白了方舟的意图,她缓慢地抬起头来,望着方舟。她见方舟神色威严,但威严之中似乎透出几分慈祥,而且他不像原来审讯她的人那样气势逼人。此刻生的欲望开始在她心中萌发,她突然感到喉咙有些发热、发痒,仿佛想开口说话,可是又什么也说不出来。

方舟见屈秀秀仍不张口,为了切实做到不错杀一个无辜者,他依然耐心而诚恳地说:"屈秀秀,我再说一遍,我们负责复核你的案件,和你作最后一次谈话,也是给你一个最后的机会,希望你不要错过这个最后的时刻,以免抱恨终身!最后,我问你,你还有话要讲吗?"

不管方舟说了多少个"最后",屈秀秀依然低头不语。

方舟在提审屈秀秀之前,曾仔细查阅了她的案卷,并且从中发现了一个小小的疑点,觉得必须把它解开。可眼下,罪犯却闭口不再申诉,难道她真的认罪认命,甘愿自食其果了?方舟感到有些棘手。他知道:只要自己大笔一挥,"核准执行",屈秀秀便命归黄泉,他感到自己笔下的分量,于是低声和两位助手交换了一下意见,然后静静地等着屈秀秀开口。

审讯室里安静极了,只有墙上"嘀嗒嘀嗒"的挂钟一瞬也不停地走着。

方舟看了看钟,已经快到中午了。时间是极有限的,等待似乎已到了尽头,他合上了卷宗,缓缓地站起身来,最后忠告说:"屈秀秀,如果你没有什么申诉的话,我们就不奉陪了!"

屈秀秀意识到审讯即将结束了,她心头的火山和冰川同时奔突出来,突然,她"扑通"一声跪在地上,凄声高喊道:"我——冤枉——冤枉呀!"

屈秀秀这一声发自内心的疾呼,使方舟心中不禁一颤:看来她这声疾喊,莫非真有冤屈,不甘心做个屈死的鬼?于是,他缓缓说道:"你有冤情就起来说吧!"

屈秀秀没有起来,她跪爬了半步,抖抖索索地说:"你们说我毒死丈夫,那我的毒药从哪里弄来?"

方舟从案卷中了解到,屈秀秀,父母早亡,由长兄抚养长大,两年前被兄嫂包办嫁到大峡村。到婆家后,她对自己丈夫的感情一直不好,曾多次到区里反映她男人有病,并提出离婚。区里做过调解,双方家庭也不同意,没有离成。一天早晨,她丈夫突然死在床上,办完后事不久,本村一个叫刘美仙的女人到区法院控告屈秀秀,提供了一个重要情况,说她丈夫生前喜欢喝酽茶,他有一把祖传下来的古茶壶,爱不释手,但他死后,屈秀秀就把茶壶收起来了,这里边一定有鬼。区里公安特派员也觉得有可疑之处,便取走茶壶交法医化验,经鉴定茶壶里果然有砒霜。又开棺验尸,也证实她丈夫肚里有砒霜成分。屈秀秀在确凿的证据面前,不得不供认投毒谋害亲夫,遂被逮捕,并判死刑。

方舟在复核案件中感到有疑点的是:既然屈秀秀投毒杀人,为何还收藏茶壶而不毁灭这个证据?不毁也罢,她在达到杀夫目的之后为何不把茶壶内的毒药冲洗干净?原告刘美仙何许人也?因此,方舟才决定提审案犯。

现在他见屈秀秀在一声惊异的反问之后,一双眼睛死死盯住自己,眼睛里充满了对生的渴望。

方舟望着她,语调平和地问:"你有什么冤枉?你讲吧。"

"法官同志,我没有害我男人,连这样的念头也没起过。我只提出和他离婚!"

一提到离婚,方舟立即想起案卷之中,屈秀秀交代曾和本村一个有妇之夫有越轨关系,莫非这个男人与本案有关?于是,他追问:"你为什么要离婚?"

"包办!"

"婚后夫妻生活怎样?"

"活受罪!"

"什么原因?"

"他有病!"

"什么病?"

"怪病!"

"什么怪病?"

屈秀秀脸上出现了一丝红晕,愣了片刻,才支支吾吾地回答说:"法官不要见笑,我男人真有一种见不得人的怪病,蔫不拉几的,我说不出口!"

方舟已领会了她说的"怪病"的含意。但也不能因为对此羞于启齿而离不了婚,就置人于死地呀!这么一想,方舟突然严肃起来,严厉地追问道:"屈秀秀,既然是冤枉,那你以前为什么承认害死你的丈夫?"

屈秀秀一抬头,发现了方舟那副像黑老包似的吓人的面孔,顿时身子像大风之中的树叶,不停地抖动起来。

方舟很快意识到自己追问得太生硬急促,这样会影响案情的真伪和进展。于是,他缓了缓口气,继续问道:"你说说,你过去为什么承认了?"

谁知他话音刚落,只见屈秀秀挺起腰杆,两腮绷紧,柳眉倒竖,凹陷的大眼像一双豹子眼似的瞪起,死死地盯住方舟,一股莫名怒火从心底爆发出来,她像要把眼前的三位法官一口吞掉似的大吼起来:"都怪你们!都怪你们!"

方舟对屈秀秀如此吼叫一点也不计较:"怪我们也罢,怪你自己也罢,你得说个子丑寅卯来!"

"你们说我离婚不成就起歹心,说我在村里有个野男人,说茶壶里化验出来有砒霜,说开棺验尸也有砒霜,说马是驴,说驴是马,我一个小媳妇,就是浑身是嘴也说不清白!我成了砧板上的一块肉,横剁直剁由你们!我只怪自己的八字不好,命比纸薄,是个砍脑壳挨刀的命!所以,你们要我说白就说白,要我说黑就说黑,我是什么也不指望了,一了百了,只求一死。"

屈秀秀这一串话像响尾蛇导弹一样,轰得两个年轻的政法干部抬不起头来。

方舟听了屈秀秀这番控告,心中禁不住猛一震:我们的办案人员哟,这岂不是诱供逼供吗?

他百感交集,面对囚犯,竭力克制自己。尽管在屈秀秀悲怆的诉说之中他的情绪也随之激动,几乎不能自己,但他的理智始终使他显得平静。他在苦苦地探索着一个最棘手的问题……

不过,屈秀秀很快清醒过来,她觉察到自己的行为过分了,便痛哭流涕地跪着对方舟说:"我进监牢之后,从来没有这么讲过话,也从来没有反悔过,我没有那个狗胆翻案,也经受不住那种皮肉之苦,我是豁出去了。你们三位都是生人,我虽然没见过你们,但我感觉得出来,你们是对我负责,我就斗胆说了。想过去,他们不让我把话说完,他们要我在死刑判决书上画押,他们早把我当成死鬼了。我就想起乡里人常讲的包青天,他要是在世,我也不会受这么大的冤屈呀!好在今天你们来了,你就是我的包大人呀!青天大人!求你们为我小女子申冤呀!"说罢又以头撞地,泪流如雨。

然而要申冤,谈何容易?案件已作了终审判决。更重要的是,此案有一个无可辩驳的事实,就是:死者的茶壶里为何有砒霜?开棺验尸为何也有砒霜?这是法医的化验结果,是科学的鉴定。方舟苦苦思索的最棘手而又百思不解的问题,也正在这里。

为了解开百思不解的问题,方舟便让屈秀秀详细说说她丈夫临死前那个晚上的情况。

屈秀秀见今日的法官与以往完全不同,她的顾虑也打消了,于是她从地上爬起来,重新坐好,回答说:"我丈夫原先就体弱,又有那个怪毛病,经常卧床不起。出事那天下午,听说村子里放电影,他硬撑着起床去赶热闹。我和婆婆因裁做衣裳没去。后来,婆婆要我为他送一条凳子去,我就去了。当时电影刚开场,转了几圈才找到他。他当时看得很带劲儿,所以我给了他凳子就回家了。可过了一袋烟的工夫,他气喘吁吁地回家,连凳子也没带上。我问他怎么不看了,他说憋不住了,看得很吃力。他还说口很渴,想喝茶。当晚水瓶的开水用完了,我就去厨房给他烧水,用茶壶泡了茶,然后递到他的床头……"

说到这儿,屈秀秀顿了顿,又接着说:"到了半夜子时,他喘气更厉害,脸色发紫,我赶紧叫醒婆婆。我要去请医生,婆婆说他是老毛病,等一等再说。过一会儿,他果然平和了一些。我和婆婆一直守在床前。可是,万万没有想到,鸡叫五更的时候,他竟然咽了气!"屈秀秀说到这儿,声音在颤抖,眼圈儿也红了。

方舟问道:"你烧水时,有旁人在场吗?"

"没有。"

"泡茶之前,你洗过茶壶吗?"

"我用清水荡过。"

"那天夜里,你丈夫还有什么症状?"

屈秀秀两眼盯在脚尖上,认真地回忆片刻,摇了摇头。

"他喝茶之后有什么反应?"

"和以前一样,只有些喘气。"

"还有别的变化吗?"

"没有。"

"呕吐了吗?"

"没有。"

"抽搐过吗?"

"没有。"

方舟为了引起对方认真地思索,特地站起身来,加重语气问道:"你认真仔细地想一想,他当夜呕吐没有? 抽搐没有?"

屈秀秀思索片刻,仍坚定地说:"没有!"

方舟非常清楚,呕吐和抽搐是砒霜中毒的两大特征,而她丈夫的死却没有这两种症状。是屈秀秀故意隐瞒真相,还是她丈夫另有死因?

按刑法规定,在执行死刑之前,如发现疑点,应立即停止执行。方舟马上建议暂时停止对屈秀秀执行死刑,并率复核小组去屈秀秀的家乡进一步调查取证。

次日,方舟一行三人到了大峡村,由村长陪同,来到了屈秀秀家。

屈秀秀婆婆所说她儿子临终前的症状,和屈秀秀说的完全一样,而且还说了她儿子一直身体瘦弱多病,曾去峡江医院看过的事。这些显然表明,屈秀秀丈夫的死因不是砒霜中毒。那么,又是什么致使他猝然死去?

方舟一行在村长的陪同下,又先后走访了一些与案情有关的村民,其中最重要的人物是那个告发屈秀秀的刘美仙。他们在村长的带领下,来到了江边悬崖下的一户人家,这就是刘美仙的家。

刘美仙是个外表俊俏而又泼辣的女人,她见来了客人,连忙敬烟奉茶。当方舟问她检举屈秀秀的问题时,她竟说因为屈秀秀长得比她标致,引起了村里不少男人的垂涎,其中包括她自己的丈夫,特别是当屈秀秀丈夫死后,她发现自己丈夫竟跑到屈秀秀家去,她顿时妒火中烧,便向区里控告了。

当方舟问她,她的丈夫到底和屈秀秀有无勾搭时,刘美仙一声冷笑说:"癞蛤蟆想吃天鹅肉,他混想!"接着她耍着威风补充说,"有我在,他敢沾她的边儿?"

当方舟问她为什么要告发屈秀秀时,她轻描淡写地说:"我……检举坏人,这是政府给我的权利,我又没有叫你们杀她!"

听她这么说,真叫方舟啼笑皆非,无话可说。虽然他从感情上对这泼辣的女人颇为反感,然而每个公民有控告的权利,哪怕她带着个人目的。但抓人的权力,却掌握在司法部门的手中,我们的办案人员,难道竟被一个醋意十足的、无知的村妇牵着鼻子走么?

几天的奔波,回到法院之后,方舟疲乏不堪,只想安静地躺一阵子。可是,心中的谜还没揭开,他放心不下,立即叫一个助手取来那把茶壶,独自细细地观看着。

这是一把景德镇出品的细瓷货,壶肚上画着精美的山水图案,十分招人喜爱。壶嘴和把儿很光滑,说明主人长期使用,茶瘾不小。方舟轻轻地揭开壶盖儿,里边黑糊糊的,积着一层厚厚的茶垢,这表明主人从未对里边作过彻底清洗。

方舟手捧茶壶,愣愣地出神,喟然长叹:"茶壶呀茶壶,你为何不开口说句公道话? 你知不知道,你这小玩意儿竟然关系到一条人命啊?"方舟凝视着小茶壶,陷入了深深的苦思之中。

这天晚上,方舟正在进一步分析案情时,突然心灵受到了某种启迪,很快从混乱中理出了一个意念:莫非科学之中还有某种科学? 于是,他亲赴省城,请教有关的专家。

结果,他终于找到了茶壶和尸体中的砒霜谜底。原来在地球的自然水中含有微量的砒霜成分。茶壶由于长期不作清洗,砒霜就会沉积茶垢之中,但它并不致人死命;死者尸体中有砒霜成份,道理也很简单,既然自然水中含有砒霜成份,人的尸体腐烂于泥水之中,自然也会含有砒霜成分。

为了验证死者是否砒霜中毒,方舟连夜赶到现场,和法医一道,不怕腐尸的奇臭,又一次开棺验尸,化验了死者的骨骼。结果证实没有砒霜成分。这就完全说明死者不是砒霜毒死的。

为了防止万一,方舟又赴峡江医院查阅了死者的病历。原来,他已是肺病晚期,他的父亲也是死于肺病。难怪屈秀秀和她婆婆都说他临死前脸色发青、喘粗气,这是肺病晚期窒息而死的症状。

命案终于真相大白。

方舟感慨万千地说:"由于我们办案中不懂得科学中还有科学,险些错杀了无辜!"

屈秀秀终于无罪释放。当她走出牢房,见到方舟时,她"扑"地跪在方舟面前,声泪俱下地喊着:"包青天!包青天!"

(宁发新)

www.ingramcontent.com/pod-product-compliance
Lightning Source LLC
Chambersburg PA
CBHW060825120626
46557CB00001B/374